용수 스님의
곰

나를 일깨우는
친절한 명상

용수 지음

용수 스님의
곰

스토리닷

목차

작은 힘이 되기를

몇 년 전부터 아침마다 짧은 글을 작성해서 SNS에 올리기 시작했습니다. 그동안 많은 분들이 제 글을 읽고 부처님의 법을 배웠고 힘을 얻었다고 종종 알려주셨습니다. 공부와 수행이 지극히 부족한 제가 다른 사람에게 도움이 된다는 것은 저에게도 힘이 되었습니다. 스님 되고 나서 한 번도 남에게 법을 전하겠다는 생각을 해본 적이 없는데 제 글이 남에게 도움이 된다니 참으로 놀랍고 감사한 일이었습니다.

부처님 법을 처음 만났을 때 '바로 이것이야! 드디어 찾았네!' 구도의 길에 전념하고 싶은 마음이 굴뚝같았습니다. 이 길을 잘 가려면 당연히 스님이 돼야겠다고 어느 결정적인 깊은 밤에 별들을 보면서 흔들림 없는 확신이 왔습니다. 달라이라마 존자님이 생각나서 울었습니다. 그 전과 후로 이 결정을 두 번 생각하지 않았습니다.

지금까지 주요 관심은 마음공부입니다. 아집을 버리고 선한 마음을 기르고 시공을 초월하는 청정본심(앏)을 드러나게 하는 것을 알아차리려고 합니다. 수행의 과정에서 번뇌를 대치하고 본성을 찾는 마음의 경험을 아침마다 여러분들과 공유했습니다.

글을 올릴 때마다 '너나 잘해.'라고 양심이 속삭였습니다. 자신도 못하면서 '하세요, 하세요.' 하면 무슨 의미가 있을까 하는 자책도 들었지만 읽는 분들의 마음에 해탈의 씨앗과 작은 깨달음이 있기를 바라는 마음으로 매일 아침 글을 올렸습니다. 실천이 약한 글이지만 읽는 분들에게 작은 힘이 되기를 바라는 마음입니다. 저는 깨우침이 없고 성격도 썩 좋지 않고 자비심이 부족합니다. 스승님들의 가르침을 제 경험을 통해서 작성한 글을 스토리닷 이정하 님과 여러 분들의 노고로 책이 나왔습니다. 깊은 감사를 표합니다.

스승님들의 가르침을 언제나 편안하게 볼 수 있는 작은 책이 여러분에게 힘과 행복이 되기를 진심으로 바랍니다.

하나

할 수 없는 것이
없습니다

스스로에게 친절하세요

다 포기하고 싶고
환멸을 느낄 때도 있습니다.
괜찮습니다.
삶의 자연스런 흐름입니다.
휴식하세요.
하루 정도는 무기력과
멍 때리기를 허용하세요.
스스로에게 친절하세요.
하루가 지나면 다시
열심히 해볼 용기와 힘이 생길 것입니다.

오래된 미움을 없애는 법

미운 생각을 굴리면 자신만 힘듭니다. 미움을 없애려고 하면 미움에 힘을 부여합니다. 미움에 마음을 쉬듯이 저절로 일어나고 가라앉게 지켜봅니다. 험담을 하면 미움을 더 확고하게 만듭니다. 감정이 실린 말을 자제합니다. 같이 있는 것을 두려워하지 말고 마음을 볼수 있는 기회로 삼습니다. 그래도 현재 상황이 너무 힘들면 지혜롭게 친절하게 피하는 것도 방편입니다. 한꺼번에 해결하려고 하지 않습니다. 오래된 미움은 조금씩 해체할 수 있습니다. 기분 좋을 때나 할 수 있을 때 짧게 사무량심 자비수행을 합니다. 이 사람도 나와 똑같이 행복을 원하고 행복할 만한 가치가 있으니 행복하기를…….

우리를 괴롭히는 것이 미움입니다. 미운 사람을 다시는 보지 않더라도 미움은 마음에 남아 있어서 미운 사람들을 계속 만나게 됩니다. 그래서 현재 미움을 해결해야 합니다. 문제는 밖에 있지 않고 마음에 있는 것입니다.

남을 험담하고 해치는 것은 자신을 해치는 것입니다. 모든 중생이 하나이기 때문입니다. 당신이 행복하면 나도 행복합니다.

감사합니다 진언

돈이 없으면 몸이 건강해서 감사합니다.

몸이 아프면 아직 큰 병이 없어서 감사합니다.

큰 병이 있으면 아직 살아 있어서 감사합니다.

곧 죽게 되면 지금까지 살아서 감사합니다.

모욕을 당하면 인욕수행을 할 수 있어서 감사합니다.

수행을 잘 못해도 수행과 인연이 있어서 감사합니다.

차 한 잔에 감사합니다.

따뜻한 난방에 감사합니다.

숨을 쉴 수 있어서 감사합니다.

나를 생각하는 사람이 있어서 감사합니다.

도움 받을 때마다 감사합니다.

도움 못 받을 때도 감사합니다.

남들이 잘 해줄 때 감사합니다.

잘 안 해줄 때도 감사합니다.

목욕할 때

잠에서 깨어날 때

잠들기 전에

밥 먹을 때

산책할 때

감사합니다.

감사하는 마음이 행복의 비결이며 치유의 힘입니다.

좋은 상황이건, 안 좋은 상황이건

이 치유의 진언을 조용히 외워 보세요.

감사합니다.

친구 사귀는 법

친구 사귈 때 좋은 친구만 사귀세요. 몇 명 안 되더라도 인품이 좋은 사람을 선별하세요. 진심으로 존경할 수 있는 사람을 친구로 만드세요. 친구가 됐으면 우애를 오래도록 잘 유지하세요.

존경심을 유지하세요. 너무 함부로 대하지 마세요. 비하하는 농담도 많이 하지 마세요. 키워 주는 농담은 좋아요. 알아차림을 가져서 존경심을 놓치지 마세요. 존경심이 우애의 기둥입니다. 잘 알아차려서 같이 있는 시간을 수행으로 삼으세요. 존경심이 약해졌으면 잘 알아차려서 다시 살리세요.

의심을 가지지 마세요. 서로 믿는 것이 우애의 기반입니다. 의심은 우애를 파괴합니다. 허물을 봐 주세요. 안 본 척하고 말하지 마세요.

친구의 위엄을 지켜주세요. 친구의 허물을 고치려고 하지 않고 봐주는 것이 보통 최선입니다. 친구의 잘못을 알려줄 때는 매우 조심스럽게 사랑으로 하세요.

책도 친구도 많이 가질 필요 없어요. 좋은 책 몇 권, 좋은 친구 몇 명이 평생 지킬 보물이죠.

절 수행 하는 네 가지 방법

하나 앞 하늘에 불보살들을 관상해서 신심으로 절한다. 부처님의 현존을 느끼면서 다 내려놓고 내맡김 하는 마음으로 절을 올린다. 한량없는 중생들과 함께 절한다고 상상한다.

둘 사마타 명상을 하면서 절한다. 소리를 듣거나 몸의 움직임을 알아차리면서 절한다. 관상은 하지 않는다. 깨어있는 마음을 향해서 절한다.

셋 사무량심 자비명상으로 절한다. 모든 중생이 고통과 고통의 원인에서 벗어나기를. 모든 중생이 행복과 행복의 원인 갖기를 바라며 절한다.

넷 공성명상 하면서 절한다. 누가 누가에게 절하나? 절하고 있는데 누가 하고 있나? '나'라는 존재가 무엇인가? 화두를 들고 절한다.

수행을 신선하고 즐겁게 하기 위해 네 가지 방법을 번갈아 가면서 절한다. 먼저 잘 맞는 방법으로 시작해서 지루해지거나 하기 싫어지면 다른 방법으로 절한다.

밍규르 린포체 명상 강의 중에서 옮겨왔습니다. 제 수행의 공덕이 있다면 밍규르 린포체님 덕분입니다. 법체 건강하시고 오래오래 사셔서 한량없는 중생 구제하소서. 성불할 때까지 깨우친 스승님들과 함께 하기를 기도합니다. 참된 선지식이 불도의 전부입니다.

생각을 그저 지켜보세요

생각과 감정이 우리를 공격할 때가 있습니다. 생각을 믿지 마세요! 믿으면 자신이 악업이 무거운 나쁜 사람이 됩니다. 왜? 어떻게? 따지지 마세요. 따지면 미신을 믿어서 이것저것 탓하게 됩니다. 귀신을 만들지 마세요. 생각과 싸우지 마세요. 싸우면 감정을 더 크게 만들고 자신은 정말 괴롭고 지칩니다. 죽고 싶은 마음까지 올라옵니다. 그저 지켜보세요. 지켜보는 순간 이미 자유가 있습니다. 지켜보는 순간 자신과 감정 사이에 공간이 있습니다. 그리고 기다려 보세요. 하루 푹 쉬고 나면 새롭게 보고 결정할 수 있습니다.

우리가 나쁜 사람이라서 고통 받는 게 아닙니다. 생각과 감정의 실체가 없는 일시적인 본질을 몰라서 고통 받습니다. 생각과 감정이 공격할 때 잘 알아차리고 릴렉스 하셔서 기다려 보세요. 당장 무엇을 할 필요 없어요. 안개 같은 고통에 속지 마세요.

행복의 원인

윤회의 원인은 산만한 마음입니다.

열반의 원인은 깨어있는 마음입니다.

구속의 원인은 이어가는 생각입니다.

해탈의 원인은 이어가는 생각을 깨는 것입니다.

고통의 원인은 헤매는 마음입니다.

행복의 원인은 현존하는 마음입니다.

수행은 가슴과 연결하는 것

가슴은 늘 순수하고 평화롭고 지혜롭습니다.

가슴은 늘 알고 있습니다.

가슴은 늘 사랑하고 있습니다.

문제는 가슴과 연결성이 약하고 머리를 따라다닙니다.

머리는 산만합니다.

머리는 이기적이고 에고가 중심입니다.

머리를 따라가지 마세요.

가슴을 따라가세요.

가슴에 귀를 기울여 보세요.

가슴을 믿어보세요.

가슴과 인연을 키워보세요.

가슴에 위안을 찾으세요.

행복이 조용히 찾아옵니다

행복했던 과거를 갈구하지 않고
행복할 미래를 꿈꾸지 않고
현재 행복을 바라는 기대를 내려놓으면
행복이 조용히 찾아옵니다.

고통의 미덕

고통을 싫어하지 마세요. 거부하지 마세요. 고통도 좋은
점이 많습니다. 고통을 받아들이면 고통의 미덕을 알게
됩니다.

허영과 자만이 없어지고 겸손해진다.
반성하고 성찰하게 된다.
행동을 바꾸고 싶은 마음이 생긴다.
세속적인 허망한 즐거움의 매력이 없어진다.
더 진지해진다.
변화의 계기가 된다.
수행을 찾게 된다.
선행이 매력적으로 보인다.
남의 고통을 이해할 수 있고 자비심이 저절로 난다.
내면의 끈기를 키우게 된다.
고통이 없으면 해탈도 없다.
아픔이 없으면 치유도 없다.

억울함을 당할 때

억울하다고 하는 일은 객관적으로 보면 큰 일이 아니지만 우리에게는 매우 심각합니다. 억울한 일을 집착해서 큰 일로 만듭니다. 억울한 일은 자주 일어납니다. 삶 자체가 불공평합니다. 업 때문에 평등할 수 없습니다. 업으로 인하여 모든 좋은 일과 모든 안 좋은 일이 생깁니다. 업은 늘 공평합니다.

억울함을 당할 때 옳고 그름을 따지는 것보다 다음 질문을 해보세요. 무엇이 나에게 가장 좋은 길인가? 제일 도움이 되는 선택이 무엇인가? 억울함을 따지는 것이 도움이 되는 경우도 있지만 주로 우리에게 가장 좋은 선택은 자존심을 버리는 것, 우리 입장만 고집하는 마음을 내려놓는 것이라고 생각합니다.

억울한 일을 별 개념 없이 지나가게 허용하면 더 큰 혜택이 주어질 수 있고 이미 있는 복을 보게 됩니다.

미운 사람을 만날 때

미운 아이에게 떡 하나 더 주듯이 미운 사람에게 더 친절하세요. 신경을 써서 칭찬도 해주고 선물도 주고요. 영혼이 없는 칭찬도 괜찮습니다. 처음에는 좋아하는 척, 친절한 척이라도 하면 좋습니다.

미운 사람을 만날 때 피하지 마시고 좋은 마음을 내도록 노력할 필요가 있습니다. 미운 사람은 우리 수행의 귀중한 역할을 합니다. 미움을 보게 하고 미움을 닦게 도와줍니다. 스승도 하지 못하는 중요한 역할을 합니다. 돕기 어려운 사람을 도우세요. 우리 도움이 필요합니다.

사랑하기 어려운 사람을 사랑하세요. 우리 사랑이 필요합니다. 어려운 사람에게 관심을 가지세요. 우리 관심이 필요합니다. 알고 보면 미운 사람에게 좋은 점이 많습니다. 알고 보면 미운 사람은 기다리는 친구입니다.

알고 보면 미움은 망상입니다. 알고 보면 미운 사람은 선지식입니다.

자신을 사랑하는 법

자신을 자책하는 마음을 내려놓는다. 자책이 자괴감과 자기혐오를 갖게 한다. 정신적으로 자신을 때리지 말자. 비폭력을 수행하자. 자책은 도움이 되는 것보다 악화시키는 경우가 많다.

자신의 기본적인 선량함을 인지한다. 자괴감의 원인은 잘 하고 싶지만 못하기 때문이다. 잘하고 싶은 마음, 행복해지고 싶은 마음이 기본적인 선량함이다. 본마음은 선하고 순수한데 습관은 좋지 않다. 착한 자신을 인정하라. 자신은 나쁜 사람이 아니고 나쁜 습관을 가진 좋은 사람이다. 좋지 않는 습관에서 벗어나기를 발원한다. 잘 못하면서도 발원은 할 수 있는 것이다. 발원은 힘이 된다.

좋은 점을 강조한다. 지금까지 잘 해오는 것과 지금 잘하는 것을 살펴본다. 이미 잘하고 있는 것이 많다. 여러 사람들에게 도움을 주고 있다. 자신의 모든 미덕을 알아보고 축하한다. 스스로 수희 찬탄한다. 잘하는 것을 강조하면 더욱더 잘 하게 된다. 긍정적 강화는 자기

개선에 매우 효율적인 방법이다.

변화는 시간이 걸리지만 만족감은 지금 가질 수 있다. 너무 변하려고 애쓰는 그 자체가 큰 장애가 되는 경우가 많다. 자신을 있는 그대로 받아들이면 자연스럽게 변하게 된다. 자신의 부족함을 있는 그대로 인정하는 것이다. 자신의 아픔을 허용하는 것이다. 가식을 내려놓는 것이다. 아픔이 있는 범부라는 것을 인정한다. 수용과 자족이 변화를 불러온다.

조금씩 나아질 수 있는 일반적인 대책을 마련해 본다. 아주 작은 좋은 습관을 만들어 본다.

상황이 좋든, 안 좋든

일이 잘 풀릴 때는 수행자이고
일이 잘 안 풀릴 때는 범부입니다.
기분이 좋을 때는 명상가이고
기분이 좋지 않을 때는 범부입니다.
일이 잘 안 풀릴 때, 기분이 좋지 않을 때가
잘 알아차릴 때입니다.
포기하지 않는 한 안 좋은 상황이 혜택을 주는,
수행을 깊어지게 하는 좋은 상황입니다.
사실은 좋은 상황도 안 좋은 상황도 가짜입니다.
지나가는 허깨비입니다.
상황이 좋든, 안 좋든 큰 일로 만드는 것이
어리석은 것입니다.

세 가지 비밀

비밀을 알면 행복한 삶을 살 것입니다.

첫 번째 비밀은 알아차림입니다. 비밀이라고 하는 것은 다 알면서 모르기 때문입니다. 모든 수행의 핵심이 알아차림입니다.

두 번째 비밀은 우리가 죽을 것이라는 것입니다. 비밀이라고 하는 것은 다 알면서 모르기 때문입니다. 죽을 운명에 대한 확신을 가지면 사랑이 가득한 깨어있는 삶을 살게 됩니다.

세 번째 비밀은 자비심입니다. 비밀이라고 하는 것은 다 알면서 모르기 때문입니다. 자신의 행복에 가장 중요한 조건은 자비심입니다.

비밀들을 정말 아는데 시간이 걸립니다. 비밀을 참으로 알게 되면 왜 비밀이라고 하는지 알게 됩니다. 그때까지 알려드릴 수 없는 이유는 비밀이기 때문입니다. 저도 모릅니다. 비밀이 있습니다.

죽을 운명을 늘 알아차리면서 모든 중생의 해탈을 위해서 수행을 하십시오.

효율적인 소통

소통할 때
돌려서 말하지 말고
무엇을 숨겨서 말하지 말고
부분적으로 말하지 말고
수수께끼 같은 소리 하지 말고
직접적으로
솔직 담백하게
분명하게
그리고 친절하게
이것이 효율적인 소통입니다.

미신을 버리세요

불운과 불행은 물건이나 환경이나
남들에게 있는 것이 아닙니다.
불운은 마음에 있는 것입니다.
부정적인 마음이 불운입니다.
긍정적인 마음이 행운입니다.

아깝게 살아야 합니다

수행하지 않는 시간이 아깝고
따뜻한 마음을 나누지 않는 것이 아깝고
보시를 하지 않는 것이 아깝고
배려하지 않는 것이 아깝고
방석에 앉지 않는 시간이 아깝고
기도를 못하는 시간이 아깝고
산을 타지 않는 시간이 아깝고
자연과 함께 하지 않는 시간이 아깝고
쓸 데 없는 생각, 쓸 데 없는 말, 쓸 데 없는 활동,
아깝습니다.
깨어있지 못한 매순간, 아깝습니다.
사랑을 느끼지 못하는 매순간 아깝습니다.
제주 오면
바다 안 보는 시간이 아깝고
천혜향 안 먹는 것이 아깝고
유채꽃 음미하지 않는 시간이 아깝고
한라산에 있지 않는 시간이 아깝습니다.

제주 탐방은 매순간 살아있습니다.

그리고 호텔 숙박비 낼 때 좀 아깝습니다.

- 바다 보이는 비싼 방에서

이렇게 물어보세요

어려운 결정이 있을 때 죽음을 생각하면 올바른 결정을 할 수 있을 겁니다. 이렇게 물어보세요. 남은 인생이 일주일이라면 어떻게 결정할까? 옳지 않은 결정을 하는 이유는 영원히 살 줄 알기 때문입니다.

풀리지 않는 어려운 문제가 있을 때 죽음을 생각하면 잘 풀릴 겁니다. 이렇게 물어 보세요. 남은 인생이 일주일이면 어떻게 이 문제를 해결할까? 명쾌한 답이 나올 겁니다. 죽음을 알면 집착이 놓아지고 상황을 바르게 보게 됩니다.

삶이 힘들 때 세 가지를 기억하세요

용기를 가지세요. 용기란 절대 포기하지 않는 마음을 의미합니다. 안 좋은 상황을 안 좋게 볼 수 있고 좋게 볼 수도 있습니다. 잘 알아차려서 인격을 발전할 수 있는 기회로 삼아보세요.

스스로 일어서세요. 누구를 의지 하지 말고 혼자 해내겠다는 의지를 가지세요. 나의 삶은 나의 책임입니다. 남 탓 하지 않고 스스로 일어서서 삶의 주인이 되세요.

자비심을 가지세요. 나만 불행한 것이 아닙니다. 수없는 사람들이 나와 똑같은 처지에 있습니다. 나의 고통으로 남의 고통을 이해할 수 있습니다. 우리 고통으로 인하여 모든 중생 고통이 없어지기를 기도합니다.

좌절하지 않고 온 마음 다해 스스로 일어서세요. 남의 고통을 자신의 고통으로 받아들이고 자비심을 가지세요. 용기를 가져서 자신의 주인이 되세요.

- 입보리행론

스스로 행복하세요

혼자 있어서 외로운 것이 아닙니다.

혼자 있고 싶지 않아서 외로운 것입니다.

누구를 갈망하면 아픔이 따라옵니다.

그 사람을 가져도, 그 사람을 못 가져도

아픔은 따라옵니다.

그 사람과 같이 있어도, 그 사람과 떨어져 있어도

아픔은 따라옵니다.

스스로 행복하세요. 스스로 만족하세요.

안에서 행복을 찾으세요. 행복은 마음에 있습니다.

다른 사람 때문에 불행하고, 다른 사람 때문에

행복한 것이 아닙니다. 마음 때문입니다.

홀로 행복할 수 있는 사람은 누구랑 같이 있어도,

혼자 있어도 행복합니다.

수행자의 상을 극복하는 조언

바람 없이 수행합니다.
자신에게 비폭력을 행합니다.
다른 수행자를 좋게 보고 좋게 이야기합니다.
꾸준한 노력으로 일관성 있게 수행합니다.

집착이 있어도 괜찮아요

잘못을 해도 괜찮아요.

스스로에게 친절하세요.

자신에게 친절하면 희한하게

마음의 평화가 찾아옵니다.

진보가 없어도 괜찮아요.

행복하지 못해도 괜찮아요.

수행에 대한 일체 기대를 가지지 않으면

희한하게 깨달음이 우리를 찾아옵니다.

스스로에게 친절하세요.

꾸준히 조용히 수행하세요.

어느 날에

어느 날에 이 몸이 없을 것이다.
어느 날에 지금 내가 갖고 있는 소유물을
갖고 있지 않을 것이다.
어느 날에 지금 내가 즐기는 것을
즐길 수 없을 것이다.
어느 날에 지금 내가 하고 있는 것을
할 수 없을 것이다.
어느 날에 지금 알고 있는 사람들을
다시 볼 수 없을 것이다.
어느 날에 이 지구상에 내가 없을 것이다.
어느 날에 지금 주어진 수행할 기회가 없을 것이다.

미모, 활력, 젊음, 재산, 권력, 지위, 감각적인 즐거움, 그
리고 명예는 꿈속에 있었던 것처럼 남는 것이 없습니
다. 우리 모두는 생로병사에 매달려 있습니다. 생로병
사를 초월하는 변함없는 진리를 구하는 것이 현명한 일
이지 않을까요.

미운 사람도 사라질 것이고
좋아하는 사람도 사라질 것이고
나도 또한 사라질 것이니
이와 같이 모든 것이 사라지리라.
죽음 말고는 다른 길이 없네.

우울하거나 힘들 때는 죽음명상을 하지 않는 것이 좋습니다. 그 외에는 죽음 명상이 가장 중요한 명상이라고 합니다. 죽음명상을 매일같이 하면 삶에 큰 도움이 됩니다. 죽을 운명을 알면 모든 인연이 귀하고 매순간이 소중합니다.

잠시 멈춤에 큰 힘이 있습니다

계속 마음이 쓰이는 것이 있을 때

생각과 감정에서 나오기 힘들 때

생각이 꼬리를 물 때

간단한 방법을 알려 드린다면

일체 바람 없이

릴렉스 하세요.

몸에 힘을 빼고 나무토막처럼 가만히 있으세요.

또 생각과 감정에 휩싸이기 시작하면

다시 힘을 빼고 가만히 계세요.

그리고 반복.

일체 바람이 없는 것이 중요합니다.

생각을 싫어하거나 생각에서 나오고 싶은

마음으로 하면 생각에 힘을 줍니다.

잠깐 쉬는, 잠시 멈춤에 큰 힘이 있습니다.

힘 빼는 순간 잠시 생각이 놓아집니다.

릴렉스 하는 순간 마음이 짧게 깨어 있습니다.

생각을 생각으로 해결하려고 하지 않고

생각을 놓는, 릴렉스 하는, 깨어있음으로
마음을 향하게 하면 생각에 힘이 없다는 것을
경험하게 됩니다.
이런 상황을 명상의 대상으로 삼을 수 있다면
깨어있게 해주는 원인으로 삼을 수 있다면
더 이상 힘들지 않고 행복의 원인이 됩니다.
이것이 장애를 도道로 삼는 방법입니다.

괜찮을 거라고 우주가 속삭입니다

큰일 났다고 생각하면 큰일 난 것입니다.

별일 없다고 생각하면 별일 없는 것입니다.

바깥 상황에는 자체적인 의미가 없습니다.

생각으로 별일을 만들고

생각으로 별일이 없는 것입니다.

세상은 생각대로 비추어 줍니다.

고통을 개념화하지 않으면 별일 없어요.

좌절에 빠지지 않으면 별일 없어요.

희망을 잃지 않으면 별일 없어요.

포기하지 않으면 별일 없어요.

관념을 내려놓으면 별일 없어요.

판단을 내려놓으면 별일 없어요.

별 개념 없이 앞으로 나가세요.

우주가 속삭입니다. 별일 없어요.

괜찮을 거예요.

All is well.

명상이란

명상은 고통을 없애는 것이 아닙니다.

명상은 고통을 인정하고 느낄 수 있는 용기입니다.

삶이 쉽지 않습니다.

우리 모두에게 아픔이 있습니다.

행복하고 싶지만 참된 행복은 찾기 어렵습니다.

명상은 고통을 행복으로 바꾸는 것이 아니라

고통을 수용함으로써 행복해지는 것입니다.

명상은 고통을 닦는 것이 아니라

고통을 싫어하는 마음을 닦는 것입니다.

삶이 썩 좋지 않습니다. 이 좋지 않는 것을 인정하고

받아들이는 것이 명상입니다. 썩 좋지 않은 것에

불만을 내려놓고 괜찮아 하는 것입니다.

고통을 환영하고 직면하면 고통이 딱딱하지 않고

어디서 찾을 수도 없고 연기처럼 흩어진다는 것을

알게 됩니다. 이것이 우리의 수행입니다.

슬픔, 불안, 분노, 불행 자체가 나쁘지 않습니다.

수행을 돕는 벗입니다.

반대로 행복과 즐거움과 칭찬과 재산과 명예는
수행의 원수입니다. 우리를 오만하게 하고
나태하게 하고 인격을 버립니다.
혹시 오늘 슬픔, 불안, 불행, 고통이라는 친구들이
찾아오면 "안녕. 잘 왔어요. 어서 와요. 반가워요.
환영합니다."라고 반갑게 맞이하세요.
마음을 닦게 하는 선물입니다.

지혜 기도문

불교의 중심은 지혜입니다. 지혜는 모든 것이 환영이라는 것을 아는 것입니다. 보고 듣고 느끼는, 모든 것이 꿈과 같이 경험은 하지만 실제로 존재하지 않다는 말입니다. 중생은 이것을 모르기 때문에 모든 것이 심각한 것입니다. 꿈도 꿈이라는 것을 알면 심각한 것이 없듯이 삶의 꿈같은 실상을 알면 마음이 열리고 편안하고 자유롭습니다.

모든 현상은 구름처럼 나타나지만 실체가 없습니다. 계절처럼 지나간다는 말입니다. 행복도 고통도 지나간다는 말입니다. 행복을 갈망하는 것은 벚꽃이 영원하기를 바라는 것과 같습니다. 무지개를 잡으려고 하는 것과 같습니다.

고통이 없기를 바라는 것은 겨울이 안 오기를 바라는 것과 같습니다. 날씨를 바꾸려고 하는 것과 같습니다.

행복을 바라지 않고
고통을 두려워하지 않게 하소서.

돈을 갈망하지 않고
빈곤을 거부하지 않게 하소서.
명예와 칭찬을 바라지 않고
불명예와 비난을 두려워하지 않게 하소서.
감각적인 즐거움을 갈망하지 않고
통증을 두려워하지 않게 하소서.
모든 현상이 환영인줄 알고
일체 바람과 두려움 없이
마음의 광대한 평화를 알게 하소서.

좌선을 좋아하고 잘하게 하는 조언

일체 바람을 내려놓는다. 더 많이 더 잘 알아차리려고 하는 바람. 알아차림을 유지하려고 하는 바람. 알아차림이 더 잘 되기를 하는 바람. 무엇을 바라는 것이 진정한 명상의 반대이다. 바람이 마음을 초조하게 한다. 밀고 당기는 것이 없는 이 순간에 그저 존재하는 것이 진정한 명상이다.

절대친절. 자신을 친절하게 대한다. 30분 좌선을 하는데 20분간 망상에 빠져 있다가 드디어 알아차리게 되더라도 상관하지 않는다. 마음과 싸우지 않고 절대친절을 행한다. 명상은 마음을 강제해서 될 일은 아니다. 마음은 중학생처럼 억제하면 반항을 한다. 모든 것을 판단 없이 지켜본다.

절대만족. 천천히 가도 되는 절대만족을 행한다. 명상에서는 천천히 가는 것이 제일 빠른 길이다. 알아차림이 있어도 되고, 없어도 되는 인내심을 가지면 알아차림이 우리를 찾아온다. 연애할 때 여자를 갈망해서 따라다니면 여자들이 싫어해서 도망간다. 알아차림도

마찬가지다. 욕망 없이 스스로 만족하면 여자들도 알아
차림도 우리를 찾아온다.

일체 바람 없이 절대 친절하고 절대 만족하면 좌선이
잘 안 될 수가 없습니다. 좌선을 좋아하지 않을 수가 없
습니다. 이렇게 20분, 30분 앉아 있으면 몸도 마음도
쉬어지고 충전이 됩니다.

행복의 열 가지 비결

하나 행복을 찾지 않는다. 행복을 따라다니는 것은 개가 꼬리를 따라다니는 것과 같다. 행복을 찾지 않으면 행복이 우리를 찾아온다.

둘 고통을 싫어하지 않는다. 고통은 나쁘지 않고 이로운 점이 많다. 고통을 환영하는 것을 배운다.

셋 미래의 행복을 찾지 않는다. 행복은 무엇을 얻게 되거나 내가 변해서 미래에 갖게 되는 것이 아니다. 오늘 여기 이 순간에 행복할 줄 아는 사람은 지금도 미래에도 행복하다.

넷 자신을 부드럽게 친절하게 대한다. 옳고 그름은 이미 알고 있다. 자책을 내려놓고 더 못할수록 더 친절하게 대한다.

다섯 감사하는 마음을 기른다. 만인과 만사에 감사하라.

여섯 모든 사람을 좋아하는 것을 배운다. 모든 사람을 좋아할 수 있다. 이것이 행복의 비결이다. 미움을 버리고 자비심을 기른다.

일곱 다른 사람과 자신에 대한 기대를 내려놓는다. 기대를 내려놓는 것이 자신과 남들에게 줄 수 있는 가장 좋은 선물이다.

여덟 돈보다 만족에 신경을 쓴다. 만족감이 참된 부이다. 만족하면 돈이 있든 없든 정신적으로 부유하다.

아홉 다른 사람에게 행복을 찾지 않는다. 남을 의지해서 행복하면 실망하기 마련이다. 스스로 행복하라.

열 잡념을 버린다. 마음을 비우면 그냥 행복하다.

열하나 살을 뺀다. 몸이 가벼우면 마음도 가볍다. 깨달음은 나중에 일단 살 좀 빼자.

마지막 조언은 완전히 농담입니다. 한 번 웃어보시라고 한 겁니다. 행복하세요. 저는 열심히 살 뺄게요. 깨달음도 살 빼는 것도 보통 일이 아닙니다.

우리도 사랑받고 싶듯이

사람을 좋아하는 것을 배워야 합니다. 행복의 비결은 모든 사람을 좋아하는 것입니다. 모든 사람을 좋아할 수 있습니다. 사람의 행동은 다 좋아할 수 없지만 사람은 누구든지 좋아할 수 있습니다. 모든 사람을 좋아하려고 노력해야 합니다. 자신의 행복이 달려 있기 때문입니다. 남을 행복하게 함으로써 우리가 행복하고 남을 불행하게 함으로써 우리가 불행한 것입니다. 우리는 따로 존재하지 않습니다. 모든 중생은 한 몸입니다.

모든 사람은 존경과 감탄을 받을만한 좋은 점들이 있습니다. 여기에 초점을 맞추는 것입니다. 특히 좋아하지 않는 사람에게 신경을 쓰는 것입니다. 인연이 좋지 않다고 생각하는 사람들이 우리의 숙제입니다. 자비심을 기르게 하고 집착을 없애주고 자신의 마음을 보게 해주는 귀한 분들입니다.

우리와 똑같이 모든 사람은 존경과 감탄과 사랑을 받을 만한 가치가 있습니다. 모든 사람의 본성이 순수하기 때문입니다. 우리도 사랑을 받고 싶듯이 모든 사

람도 마찬가지입니다. 우리도 존경받는 것을 감사하게
생각하듯이 모든 사람도 마찬가지입니다. 다른 사람을
존경하고 좋아하면 우리가 존경과 사랑을 받습니다. 중
생을 아프게 하면 모든 부처님들도 아픕니다. 중생을
행복하게 하면 모든 부처님들도 행복합니다.

알아차림의 힘

명상을 하면 생각을 알아차리게 됩니다. 생각을 접하는 방식이 달라지기 시작합니다.

우리는 생각 속에 삽니다. 생각세계에 살고 있습니다. 생각세계는 매우 좁고 고통이 많은 세계입니다. 우리는 하루하루 생각으로 몽상과 허상을 계속 만들고 '나'라는 존재도 구체화시키고 제한이 많은 고통의 세계를 만들어서 살고 있습니다.

명상의 핵심이라고 할 수 있는 것은 생각을 알아차리는 것입니다. 생각을 그저 관觀하는, 생각의 순수한 목격자가 되는, 생각을 담담하게 지켜봅니다. 연습을 하면 점차적으로 생각과 동일시하는 습관이 생각을 알아차리는 자각심과 동일시하기 시작되어 전환이 일어납니다. 이렇게 할수록 점점 내면의 각성을 더 잘 알게 됨으로써 마음이 편안해지고, 각성이 열리기 시작합니다.

티베트불교에서는 생각을 해탈해준다고 표현합니다. 이것은 부처님의 법의 심장이라고 표현할 수 있을 정도로 중요한 명상방법입니다. 생각을 풀어주는 방법이라고도 할 수 있습니다.

생각이 이어질수록 망상이 굳어집니다. 생각이 이어지는 것을 망상의 사슬이라고 합니다. 망상의 사슬을 깨고, 깨고, 또 깨야 합니다!

생각을 안 보면 힘이 있기에 무서울 수도 있습니다. 생각을 보면 생각의 본질, 구름처럼 실체가 없고 이내 사라지는 것을 경험합니다. 한강이 보이면 강에서 나와 있듯이 생각이 보이면 (생각을 직접적으로 보면) 생각과 분리되어 있다는 것입니다. 한강에 빠져 있으면 강이 보이지 않습니다. 마찬가지로 생각에 빠져 있으면 생각이 직접적으로 보이지 않습니다. 주변 시야에 보이는 것처럼 잘 보이지 않습니다. 생각이 직접적으로 보이면, 생각과 분리되어 있다는 확신을 가질 수 있습니다. 이것이 알아차림의 힘입니다. 알아차림이 있으면 생각과 감정과 떨어져 있습니다.

우리의 본성은 생각과 감정을 지켜보는 목격자, 앎awareness입니다. 자비와 지혜가 가득한 순수자각입니다.

생각을 알아차리는 연습을 계속 하면 결국은 알아차리는 자체, 우리의 본마음을 보게 됩니다. 생각을 알아차리는 연습을 하는 것이 매우 중요합니다. 생각이 일어나면 담담하게 지켜보는 것입니다. 생각이 보이면 생각이 풀립니다. 생각이 없으면 생각이 일어나기를 바라지 않고 생각이 있으면 담담하게 지켜보고요.

그런데 초보자들은 생각이 이어질 수밖에 없어요. 생각의 힘이 엄청나거든요. 하지만 생각이 점차적으로 얌전해져요. 생각이 늘어져요. 초보자들은 생각이 아주 빠르게 폭포처럼 마구 쏟아지는 것을 경험합니다. 명상하지 않으면 생각이 마구 쏟아지는 것도 몰라요. 하지만 명상을 처음 배우면 '헉! 생각이 이렇게 많네', '내 마음이 이렇게 어지럽네', '너무 불안정하네', '집중이 하나도 없네' 이런 것을 알게 되죠!

이것을 알게 되는 것이 첫 번째 명상의 단계, '폭포단계'라고 해요. 사실 초보자들은 어떤 때는 생각을 알아차린다고 해서 생각이 풀리지 않아요. 알아차리는 힘이 약하고 생각의 힘이 강하기 때문이에요. 특히 감정과 같이 오는 생각들은 지켜보아도 생각이 잘 풀리지 않을 수 있어요. 연습을 하다보면 안 풀리는 생각이 없어요. 그래서 중요한 것은 생각을 풀어주는 것이며 이것에 익숙해져야 해요. 생각하고 있다가 쓸 데 없는 생각, 망상, 고통을 만드는 생각, 업을 만드는 생각, 나를 구체화하는 생각을 하다가 그러다가 알아차림으로 생각이 풀려요.

망상의 사슬이 깨지고 짧게 생각과 생각 사이에 있는 공백인 '생각 없는 깨어 있음'을 경험하게 돼요. 점차적으로 이 공백이 벌어지기 시작하고 우리의 본성인 순수자각이 열리기 시작합니다. 조건 없는 평화, 조건 없는 행복, 조건 없는 사랑이 드러나기 시작합니다. 이것이 우리의 본마음이며 이 순수한 마음을 경험하고 익숙해지는 것이 참된 명상입니다.

어떻게 하면 생각을 잘 알아차릴 수 있을까요? 가장 중요한 것은 알아차리려고 하는 의도입니다. 의도가 경험을 만듭니다. 알아차리겠다, 깨어있겠다, 생각을 굴리지 않겠다고 의도를 가집니다. 하지만 우리는 계속 잊어버립니다. 습관적으로 생각을 굴리고 쓸 데 없이 고통을 만들고 마음을 무겁게 합니다. 그래서 의도를 상기remindfulness 시켜주고 마음에 새겨야 합니다.

생각을 풀어주는 중요성을 잊지 마세요. 생각이 점차적으로 더 잘 풀리며 우리의 경이로운 본마음이 드러납니다. 결국은 할 것이 없고 본마음의 광대한 평화에 쉬기만 하면 됩니다. 이 본마음이 진정한 귀의처이며 참된 부처님입니다.

참된 스승

저에게 복이 있다면 참으로 자비로운 스승님들과의 인연이라고 생각합니다. 제 모든 복은 스승님들 덕분입니다. 참된 스승을 판단할 수 있는 가장 좋은 조건은 자비심이라고 합니다. 생전 경험하지 못한 스승님의 희귀한 사랑과 뛰어난 방편으로 제 삶의 변화가 많이 왔습니다.

말만 잘하고 행동이 따르지 않는 스승은 작은 스승이라고 합니다. 말과 행동이 일치가 되고 법을 지니신 스승을 큰 스승이라고 합니다.

지구상에 삶의 신비를 깨우친 스승이 있다면
범부가 아닌 비범한 성인이 있다면
자신의 이익을 추구하지 않고 오직 중생을 위해 존재하는 대보살이 있다면
바다 같은 마음의 본성을 이루신 선지식이 있다면
참으로 놀라운 일입니다. 참된 스승과 인연으로, 스승에 대한 헌신으로 우리도 변하고 깨우치게 됩니다.

선지식은 도의 반이 아니고 도의 전부라고 부처님께

서 말씀하셨습니다.

  스승 법체 건강하시고,
스승 오래오래 사시고,
스승 원력 성취하시고,
깨우친 스승님과 늘 함께 하게 하소서.

조건 없는 행복의 월급날

명상을 배우면 마음이 괴로울 수 있습니다. 생각과 감정이 늘 공격하듯이 힘들게 합니다. 그전보다 생각이 더 강하고 더 많이 있는 것 같습니다. 사실은 마음이 늘 복잡하고 어지럽고 생각이 많았습니다. 이제 명상을 배워서 처음으로 마음을 보기 시작합니다.

명상을 하는데도 아무 도움이 안 된다고 생각을 하더라도 도움이 되고 있습니다. 마음의 변화가 일어나고 있습니다. 생각이 많고 강하다는 것을 아는 자체가 바로 알아차림이기 때문입니다. 감정에 휩쓸린다는 것을 아는 것이 감정에서 벗어나게 합니다. 이것이 앎, 즉 알아차림의 힘입니다.

점차적으로 생각의 힘이 약해집니다. 생각과 감정과의 교류가 줄어듭니다. 집착이 놓아지면서 마음의 조건 없는 자유와 평화를 느끼게 됩니다.

인내심을 가져서 트라이 마인드로 잘 알아차려 보세요. 선한 마음과 깨어있음을 한 순간도 포기하지 마세요.

한 달 동안 일을 하고 하루에 월급을 타듯이 꾸준히

노력을 하면 조건 없는 행복의 봉급일이 분명히 올 것
입니다.

남의 허물이 보일 때

좋아하지 않는 사람을 볼 때는 허물이 보입니다. 꼭 상대방에게 자체적으로 허물이 있는 것 같지만 자신 허물의 반영입니다. 허물이 있는 것처럼 보이는 것이 환영입니다.

예를 들면 누가 인색하게 보이면 우리가 인색하기 때문입니다. 상대방의 마음은 알 수 없습니다. 정말 인색한 마음이 있는지 없는지 모릅니다. 보이는 행동에 우리의 숨은 허물이 비치는 것입니다. 얼굴이 더러운데 거울이 더럽다고 생각하는 것입니다. 심리학자들이 남의 허물이 보이는 것은 90% 자신의 습관이고, 10% 상대방의 행동이라고 합니다.

남의 허물이 보일 때 나를 성찰할 수 있는 정말 좋은 기회입니다. 자신의 숨은 허물을 발견하게 됩니다. 비난하는 마음을 자신으로 돌려보세요. 마음에 걸리면 해당이 되는 것입니다.

정진의 달

수행하는 사람들의 가장 큰 허물은 이론을 실천으로 옮기지 못하는 것이라고 생각합니다. 법문을 잘 이해하고 좋아하고 명상수련도 여기저기 다닙니다. 하지만 번뇌가 일어나면, 어려움을 겪으면 수행할 줄 모르고 마음이 조절이 안 됩니다. 왜 그럴까요? 수행의 힘이 약해서입니다. 수행을 배우는 것을 좋아하지만 실천하지 않는다는 말입니다.

수행의 힘을 키우기 위해서는 매일같이 좌선을 해야 합니다. 좌선이 몸에 배어야 합니다. 습관이 되어서 좌선의 맛을 보고 좌선의 공덕을 알게 되면 좌선이 취미처럼 즐겁습니다.

시간이 없다고 좌선을 못한다는 것은 좌선의 중요성과 혜택을 모르기 때문입니다. 시간을 더 효율적으로 활용하고 시간을 아끼게 됩니다. 좌선의 힘으로 일상에서 더 잘 알아차리게 되고 더 의미 있는 하루를 보내게 됩니다. 티브이 보는 습관과 다른 집착에서 벗어나게 도와줍니다. 좌선은 마음에 영향을 주고 몸과 마음의 충전입니다. 또는 통찰과 자비심을 기르게 됩니다.

매일 좌선의 시간을 정해서 우선순위 제일로 삼으면 어떨까요? 한 달 결제 동안 좌선이 잘 될 때가 있고 안 될 때도 있고, 하기 좋을 때도 있고, 하기 싫을 때도 있을 겁니다. 중요한 것은 한 달간 'Just do it' 하면 습관이 조금 될 겁니다. 수행의 힘을 키우려면 명상의 맛을 보려면 좌선이 삶에 우선순위 1위입니다.

좌선의 네 가지 요점

일체 바람과 기대를 내려놓는다.

스스로에게 절대적으로 친절하다.

절대적으로 만족한다.

조작이 없고 노력이 없는 깨어있음이

진정한 참선이다.

행복이 우리를 찾아옵니다

우리는 하고 싶은 것이 너무나 많습니다. 하고 싶은 것, 만들고 싶은 것, 가고 싶은 곳, 살고 싶은 곳. 행복을 찾기 위해서 계속 꿈을 꿉니다. 욕망은 끝이 없습니다. 인간의 번뇌가 욕망입니다.

그런데 정말 할 일은 신경을 안 씁니다. 행복의 유일한 길인 마음공부는 게을리합니다. 하고 싶은 것을 하게 되어도 살고 싶은 곳에 살게 되어도 불만족은 돌아옵니다. 마음공부로 욕망을 돌려야 합니다. 깨어있음과 선한 마음을 기르는 것이 주요 관심사가 되어야 합니다.

마음의 행복을 이루면 무엇을 하든 어디에 살든 누구랑 있든 행복합니다. 마음의 평화를 이루면 이생에 할 일이 우리를 찾아옵니다. 마음공부에 익숙해지면 모든 것을 저절로, 자연스럽게, 노력 없이 하게 됩니다.

행복은 욕심내어서 갖게 되는 것이 아닙니다. 욕심을 버려서 갖게 되는 것입니다. 주어진 것에 만족하고 감사하고 기도와 좌선을 꾸준히 하고 마음을 잘 관리하면 행복이 우리를 찾아옵니다.

수행자의 네 가지 지침

성심誠心을 잊지 말아라. 항상 기도하라.
기도와 성심으로 마음의 변화를 보고 깨우치게 됩니다.
명상으로 깨우치기가 어렵지만 신심으로는 가능하다
고 합니다. DEVOTION

마음을 잊지 말아라. 항상 깨어있어라.
순간순간 생각을 놓고 깨어있는 것이 무엇보다도 중요
합니다. AWARENESS

죽음을 잊지 말아라. 수행에 전념하라.
죽음에 대한 확신을 가지면 매순간이 살아나고 의미
있는 삶을 살게 됩니다. 모든 인연과 살아있는 매순간
이 소중하게 느껴집니다. 매일같이 죽을 운명을 생각
하고 실감을 기르는 것이 무엇보다도 혜택이 많습니다.
DEATH

중생을 잊지 말아라. 자비심을 가져라.

행복의 가장 중요한 조건은 자비심입니다. 자비심을 기르면 다른 모든 성품은 저절로 따라옵니다. 몸도 마음도 편안하고 건강합니다. COMPASSION

딜고 켼체 린포체께서 알려주신 수행자의 네 가지 지침입니다. 매일매일 이 네 가지를 마음에 두고 기르는 것이 평생할 숙제입니다.

할 수 없는 것이 없습니다

상황이 아무리 좋지 않더라도 좋게 할 수 있습니다.
건강이 아무리 좋지 않더라도 건강해질 수 있습니다.
마음이 아무리 초조하더라도 고요히 할 수 있습니다.
안 좋은 습관이 아무리 강하더라도 버릴 수 있습니다.
번뇌 망상이 아무리 많더라도
마음을 닦을 수 있습니다.
우리의 가능성은 무한합니다.
마음의 힘은 무한합니다.
할 수 없는 것이 없습니다.

오늘은 조금 더 친절하게

너도나도 곧 없을 것이다.

스쳐가는 우리 인연

조금 더 친절하고

조금 더 아끼고

조금 더 따뜻해야 하지 않을까.

같이 있는 시간이 얼마 되지 않는다.

이생은 영원 속에 지나가는 하루 뿐

조만간 다시 보지 못할 당신

오늘은 조금 더 친절하게.

좋은 의심과 좋지 않은 의심

의심은 수행의 진보에 아주 큰 장애입니다. 무엇이 잘못 됐다는 의심, 수행할 수 있는 능력에 대한 의심, 참된 행복을 가질 수 있는 가치와 능력에 대한 의심, 수행법에 대한 의심, 좋은 사람에 대한 의심, 좋은 의심이 있고 좋지 않는 의심도 있습니다. 좋은 의심은 하심을 의미하며 조심스럽게 살피는 겸손한 마음의 자세입니다.

좋지 않는 의심은 미신에 기반을 둔 불안한 마음입니다. 용서 받을 수 없는 잘못을 했다는 의심, 자신의 능력에 대한 의심, 험담을 듣고 생긴 다른 사람에 대한 의심과 같은 모든 잘못은 참회할 수 있습니다.

우리는 파괴할 수 없는 무한한 자비와 지혜와 능력이 있는 존재입니다. 우리는 분명히 수행을 할 수 있고 행복할 수 있는 가치와 능력이 있습니다. 험담으로 사람들의 신뢰가 깨지고 의심을 심어줍니다. 의심으로 좋은 사람을 멀리하고 좋은 인연을 갈라지게 합니다.

할 수 있는 사람은 할 수 있다고 생각을 해서 할 수 있는 것입니다. 자신을 믿고 다른 사람을 신뢰하고 가르침을 믿고 신심을 가지십시오. 신심은 무한한 가능성을 드러나게 하고 다른 사람과 사랑의 인연을 맺게 합니다.

네 가지 구업

입은 악의 관문이라고 합니다. 말은 칼처럼 날카롭지 않지만 사람의 마음을 잘라버린다고 합니다. 구업을 만드는 네 가지를 소개합니다.

하나 거짓말. 남을 자꾸 속이면 신뢰도가 떨어져서 친구가 없습니다. 우리를 믿고 좋아하는 사람이 없어집니다. 반대로 솔직하고 투명하면 신뢰도가 높아지고 인기가 많아집니다.

둘 거친 말, 마음을 아프게 하는, 마음에 상처를 주는 말입니다. 감사한다는 말도 의도에 따라서 거친 말이 될 수 있습니다. 거친 말의 과보는 모든 소리가 거칠게 들리고 쉽게 상처를 입습니다. 부드럽고 격려의 말을 하면 예민하지 않고 거친 소리도 부드럽게 들립니다.

셋 이간질은 남을 안 좋게 얘기하는 것입니다. 남을 흉보는 말을 정말 많이 합니다. 험담을 하면 모든 사람들이 우리를 안 좋게 이야기하는 것처럼 느껴져서 늘 마음이 불안합니다. 또한 자신의 평판이 안 좋아집니다. 남을 좋게 보고 좋게 얘기하면 자신의 평판이 좋아집니다. 남의 눈치를 볼 필요가 없고 남의 말에 신경을 덜 쓰게 됩니다.

넷 쓸 데 없는 말은 무슨 말을 하는지, 왜 말을 하는지 모르고 말을 계속 하는 것입니다. 쓸 데 없는 말의 과보는 말의 무게가 떨어집니다. 중요한 말을 해도 사람들이 말을 잘 듣지 않습니다. 기도와 묵언수행을 하면 사람들이 우리말을 잘 듣습니다. 사람들 앞에 자신 있게 말을 할 수 있습니다.

대부분 말실수는 자제력이 없어서 하게 됩니다. 가만히 있는 연습을 하면 자제력을 키울 수 있습니다.

둘

오직 모를 뿐,
오직 사랑할 뿐

마음의 습관

우리가 겪는 고통은 마음의 습관입니다. 외부에서 오는 고통도 있지만 정말 힘들어 하는 이유는 마음의 습관 때문입니다. 고통스러운 개념 속에 삽니다. 불교는 습관적인 마음, 즉 고통 속에 구속받게 하는 개념으로부터 벗어나는 것입니다.

습관적인 마음은
고통을 찾습니다.
불안합니다.
만족하지 못합니다.
무엇이 잘못됐다고 생각합니다.
남을 탓합니다.
기대가 많습니다.
모든 것을 과하게 봅니다.
수행은 구속받게 하는 개념을 버리는 것입니다.
수행은 잘못된 것이 하나도 없다는 것을 알게 되는 것입니다.

나도 삶도 이대로 괜찮다는 것을 알게 되는 것입니다.
고통은 마음의 습관이기 때문에 명상으로 습관에서 벗
어나서 마음의 평화를 찾을 수 있습니다.

대인관계 12계명

하나 안 좋은 감정을 마음에 품지 마라. 바로 버리고 늘 좋은 마음을 유지하라.

둘 갈등을 오래 두지 마라. 상생의 해결책을 구하라.

셋 상대방이 잘해준 것과 좋은 점에 초점을 맞춰라.

넷 상대방의 허물이 보일 때 내 허물의 반영인 줄 알아라.

다섯 상대방의 잘못을 덮어라. 생각도 말도 하지 마라.

여섯 인연은 잠깐이라는 것을 잊지 말고 있을 때 잘 해주어라.

일곱 상대방의 말을 잘 들어주어라. 들어주기만 해도 큰 도움이 된다.

여덟 내가 할 일을 상대방에게 시키지 마라.

아홉 상대방이 잘 할 것이라고 믿어주어라. 무엇보다도 큰 힘이 된다.

열 상대방의 행동을 바꾸려고 하지 마라. 내 행동을 바꿔라.

열하나 말과 행동 생각으로 부드러운 비폭력을 행하라.

열둘 상대방을 아끼는 엄마를 생각해서 그와 같이 하여라.

그리고 내려놓고 내려놓고 내려놓고 내려놓고 내려놓고 내려놓고 내려놓고 내려놓고 내려놓고 내려놓고 내려놓고 내려놓고 또 내려 놓아라. 대인관계에서 자신의 마음을 내려놓는 것을 연습하면 마음의 변화가 빨리 오리라.

미움을 내려놓는 연습

용서할 수 없는 행동이 없고 용서할 수 없는 사람도 없습니다. 다른 사람의 나쁜 행동은 우리의 업과 깊은 관련이 있는 것입니다. 절대적으로 나쁜 사람은 없습니다. 나쁜 사람이라고 하는 사람을 굉장히 과하게 봅니다. 나쁜 사람이 아니고 아픈 사람입니다. 그 사람보다 우리가 그렇게 뛰어나지도 않습니다. 우리도 부끄러운 짓을 많이 했고 마음이 굉장히 좁고 못 될 때도 있습니다.

용서를 배우는 것은 자신을 위한 것입니다. 나쁜 사람이라고 생각하는 사람을 다르게도 볼 수 있습니다. 그렇게 싫은 사람이 친한 친구가 되는 경우도 있습니다. 우리가 미움을 키워서 나쁜 사람으로 만든 겁니다.

누구를 미워하는 것은 자신을 미워하는 것입니다. 우리 모두가 한 몸이기 때문입니다. 미움은 가장 해로운 독이며, 우리가 계속 해를 당하는 이유입니다. 한 사람을 미워하면 여러 사람들로부터 미움을 받습니다. 한 사람과 싸우면 원수들이 배로 나타납니다.

미움은 더 무거운 업이 없고 가장 큰 망상입니다. 미

움을 마음에 품으면 잠도 잘 못 자고 병도 생기고 친구도 도망가고 얼굴도 못 생겨집니다. 미움이 기운을 다 빼앗아갑니다.

자신을 사랑한다면 미움을 내려놓는 연습을 해야 합니다. 욕을 그만하고 용서를 배워야 합니다. 자비심을 배우면 몸은 건강해지고 마음은 행복해집니다.

욕심을 원력으로 착각하지 말아야 합니다

명상지도자가 되겠다는 원은 허망한 욕망입니다. 명상은 다른 사람에게 가르쳐 주는 것이 아니라 본인이 익히는 것입니다. 마음의 평화를 이루면 자연스럽게 남들에게 회향을 하게 됩니다. 자신의 행복을 이루면 저절로 남들을 행복하게 합니다. 순서를 잘 지켜야 합니다.

번뇌를 닦고 선하고 깨어있는 마음을 가질 것이라는 원을 세워야 합니다. 밤과 낮으로 여기에 관심을 두는 것입니다. 자신에게도 도움이 되지 않는데 남들에게 도움이 된다는 것은 우스운 일입니다. 수행을 만나기 전에는 돈 벌겠다는 엉뚱한 욕망을 가집니다. 수행을 만나고 나서는 센터를 운영하고, 남들을 지도하겠다는 엉뚱한 욕망을 가집니다.

불교는 마음공부입니다. 사회활동도 아니고 복지도 아니고 상담도 아닙니다. 사회 활동을 하지 말라는 말은 아닙니다. 하지만 주요 관심은 마음에 두어야 합니다. 삶과 수행과 불법을 하나로 만들겠다는 욕망을 가지는 것입니다. 욕망은 순수한 방향으로 향하면 원력이 되고 엉뚱한 방향으로 향하면 욕심이 됩니다. 욕심을 원력으로 착각하지 말아야 합니다.

자신과 남들의 행복을 이루기 위해서 마음의 본성인 평화와 사랑과 지혜를 이루겠다는 원을 가지는 것입니다. 마음의 행복을 이루면 모든 좋은 것을 덤으로 받습니다. 마음의 평화를 이루면 명상을 지도하던지, 화장실을 청소하는 일을 하던지 행복합니다. 세상이 가장 필요한 것은 절이 아니고 지혜와 자비입니다. 이것을 이루어서 남들도 이루게 도와주는 것이 우리의 원력이라고 생각합니다.

공성이란

공성空性이란 무엇이라도 될 수 있는 가능성을 의미합니다. 나쁜 일이 꼭 나쁘지 않다는 말입니다. 좋은 일이 꼭 좋지 않다는 말입니다. 모든 경험은 자체적으로 절대적인 의미가 없다는 말입니다. 좋게 보면 좋은 것이고, 안 좋게 보면 안 좋은 것입니다. 모든 것이 지각일 뿐이라는 말입니다. 고통과 병과 비난과 모욕과 안 좋아하는 모든 것들이 자체적인 고정된 존재함이 없습니다. 좋아하는 모든 것들도 이와 같습니다.

좋은 일도 나쁜 일도 없습니다. 그냥 끊임없이 일어나는 마법 같은 현현입니다. 공성을 몰라서 좋은 일이 있으면 너무 행복하고 영원할 줄 알고 쉽게 넘어갑니다. 안 좋은 일이 있으면 우울하고 심각하고 영원할 줄 알고 쉽게 속습니다. 개념을 부여해서 좋고 나쁜 것을 만드는 것입니다. 나와 모든 것이 표현할 수 없는 공성입니다. 개념 지을 필요가 없습니다. 받아들이기만 하면 됩니다.

모든 것이 늘 변하고 있는 공성

알 수 없는 신비 공성

뭐라고 할 수 없는, 개념을 벗어난 공성

유동상태, 삶의 실상 공성

나즉시공 공즉시나 공성

보이지만 실재하지 않는 마술의 쇼, 공성

공성을 알아 모든 상황과 벗하고 평정심을 유지 하소

서. 별 개념 없이, 있는 그대로 수용하소서.

용서의 과정

미움의 생각들을 접하지 않고 내버려 둔다.
생각으로 미움을 더 이상 키우지 않는다.
일체 험담을 그만한다.
나도 잘못이 있다는 것을 인정한다.
나의 잘못을 자세히 생각한다.
상대방이 잘해준 것을 생각한다.
상대방이 베푼 은혜를 하나하나 되새긴다.

그리고 매일같이 자비수행을 짧게 자주합니다. 당신도
나와 똑같이 행복을 바라고 고통을 원하지 않습니다.
나와 똑같이 당신도 행복할 만한 가치가 있습니다.

미안합니다.
용서해주세요.
고맙습니다.
행복하세요.
사랑합니다. (반복)

때로는 자비수행이 하기 싫고 별 마음이 없을 때도 있습니다. 그래도 짧게 하십시오. 용서는 시간이 걸릴 수도 있습니다.

우리를 해친 사람이 특별한 인연입니다. 내려놓음과 인내와 용서와 자비를 배우게 해주는 스승입니다. 우리를 해친 사람을 용서한다면 마음의 변화가 많이 올 것입니다. 마음이 많이 편안해질 겁니다.

재미있게 사는 법

사는 목적이 재미있게 사는 것이 아닐까 싶습니다. 재미있게 살려면 세 가지 요소가 필요합니다.

지견(견해, 원리)

명상(실천, 수행)

행(계행, 습관)

지견이란 세상을 바르게 보는 견해를 의미합니다. 돈과 명예와 모든 세속적인 추구의 허망함을 아는 것, 참된 행복은 오직 내면에서 찾을 수 있다는 것, 깨어있음의 중요성, 자비심의 중요성, 서로 다 연결됐다는 연기법, 업과 무상과 죽음의 확실성, 공성, 불성 등 바른 관점이 지견을 의미합니다. 지견은 이해, 체험, 깨달음으로 세 가지 단계가 있습니다.

명상은 티베트말로 '곰'이라고 합니다. 익숙해진다는 뜻입니다. 지견에 익숙해지고 지견을 터득하는 것을 의미합니다. 선한 마음과 깨어있음을 기르는 것을 뜻합니다.

행은 지견과 삶을 일치하는 것을 의미합니다. 지견과 어울리지 않는 습관을 버리고 윤리적인 삶을 사는 것입니다. 모든 습관은 몸에 배어 있습니다. 몸에 안 좋은 습관을 닦아내고, 좋은 습관을 배이게 하는 것입니다.

지견, 명상, 행 이 세 가지를 갖게 되면 사는 자체가 재미있습니다.

오늘 반가운 비님이 오셨습니다.

자연스럽게 일어나고, 자연스럽게 가라앉게

성욕을 충족시키기 위해 목숨을 걸고 이생과 미래생을 버립니다. 성욕 자체는 나쁘지 않습니다. 신성한 에너지이며 원기입니다. 성적인 에너지를 존중하지 않고 잘못 활용하면 온갖 고통이 따라옵니다. 성욕을 충족시키는 것은 갈증을 바닷물로 해결하려고 하는 것과 마찬가지입니다. 취할수록 욕망과 집착이 더 심해집니다. 불안과 불만족이 더 심해집니다. 진정한 행복과 멀어집니다. 스님이든 아니든 진정한 행복을 찾으려면 성적인 에너지를 존중해야 합니다.

우리는 세속적인 욕망을 취하면서 수행을 잘 할 수 있다고 착각합니다. 물과 기름을 섞을 수 없듯이 잘 되지 않습니다. 방탕한 삶과 행복한 삶의 거리는 멉니다. 성적인 욕망을 억압하라는 말은 아닙니다. 그냥 내버려두라는 말입니다. 자연스럽게 일어나고 자연스럽게 가라앉게 지켜보라는 말입니다. 따라가지도 않고 억압하지도 않고 있는 그대로 두라는 말입니다. 도덕을 받들겠다는 다짐이 있으면 성욕이 전혀 문제가 되지 않습니다.

게으름에서 벗어나는 법

몸에 게으름과 무기력이 배어있습니다. 편안함과 즐거움을 집착합니다. 티브이 앞에서 멍 때리고 휴대폰을 생각 없이 뒤지면서 무기(편안하면서 몽롱한) 상태를 누립니다. 멍 때린다는 말입니다. 무기無記를 누릴수록 정신이 둔해지고 멍청해집니다. 내생에는 동물로 태어난다고 합니다. 이생에는 치매 걸릴 가능성도 있죠.

멍 때리기도 담배와 마찬가지로 중독성이 있어서 끊기가 쉽지 않습니다. 갑작스럽게 끊으려면 일시적으로는 도움이 되지만 장기적으로는 해가 될 수 있습니다. 멍 때리기 습관에서 벗어날 수 있는 방법을 소개합니다.

멍 때리기와 몸에 대한 집착이 수행의 장애, 행복의 장애, 삶의 장애라는 것을 분명히 알아야 합니다. 습관이 몸에서 일어날 때 습관의 단점을 생각해서 거부감을 가지는 것입니다. 거부감이 커지면 어느 날에 습관을 버리게 됩니다. 프라이팬은 뜨거울 때 닦듯이 습관은 일어날 때 닦는 것입니다.

중독성이 있기 때문에 적당히 습관에 빠져주는 것이

친절한 행동입니다. 담배 피는 사람에게 당장 담배를 끊으라고 할 수 없듯이 지금 당장 여흥을 끊으라고 할 수 없습니다.

유익하고 의미 있는 시간을 늘립니다. 좌선, 걷기명상, 법문 듣기, 요가에도 중독성을 만들 수 있습니다. 좋은 습관을 몸에 배이게 합니다. 유익하면서 좋아하는 것에 초점을 맞춥니다.

죽음명상을 통해 죽음에 대한 확신을 기릅니다. 죽을 운명을 알아차리면 시간이 소중하다는 것을 알게 됩니다. 남은 시간이 얼마 안 된다는 것을 알게 되면 시간을 아끼고 낭비하지 않습니다.

티브이를 없애거나 규칙을 만들거나 이런 일반적인 대치법을 활용해도 됩니다. 유혹이 없으면 할 수 없이 수행을 합니다.

몸의 집착을 극복해서 시간을 의미 있게 보내겠다는 발원을 합니다. 법과 삶과 수행을 하나로 만들겠다고 원을 가집니다. 발원을 놓치지 않으면 어느 날에 분명히 이루어집니다.

여흥을 즐기는 자체가 고통입니다. 집착을 키우고 중독성을 만들고 머리에 쓰레기를 넣는 것입니다.

게으름이 모든 허물을 만듭니다. 수행을 못하게 하고 행복과 멀어지게 합니다. 귀한 인간 몸을 버리게 됩니다. 저에게도 가장 큰 숙제입니다.

겨울 눈 속에 씨앗이 있다

천 번의 어려움 뒤에 성취가 옵니다.
천 번의 괴로움 뒤에 평화가 옵니다.
천 번의 실패 뒤에 성공이 옵니다.
천 번의 고난 뒤에 행복이 옵니다.
천 번의 실수 뒤에 잘 하게 됩니다.
밤이 다하면 새벽이 옵니다.
일어서십시오.
인내하십시오.
앞으로 나아가십시오.
절대 포기하지 마십시오.
마음공부줄 놓지 마십시오.

다음은 'The Rose'의 노랫말입니다.

어떤 사람은
사랑이란 젊음을 삼키는
강물이라고 합니다.

어떤 사람은

사랑이란 영혼을 자르는

칼이라고 합니다.

어떤 사람은

사랑이란 끝이 없는

욕망이라고 합니다.

나는 사랑이

꽃이라고 합니다.

꽃의 유일한 씨앗은 당신입니다.

상처를 받을 수 없는 마음이

춤추는 것을 배우지 못합니다.

꿈이 이뤄지는 것을 두려워하는 마음이

용기를 가지지 못합니다.

헌신이 없는 사람은

베풀지 못합니다.

죽음을 두려워하는 사람은

잘 살지 못합니다.

밤은 너무나 외롭고

길은 너무나 깁니다.

사랑은 힘 있고 복이 많은 사람에게만

주어지는 것이라고 생각하더라도

겨울의 깊고 격렬한 눈 속에

씨앗이 있습니다.

태양의 사랑으로

봄이 되면

장미가 될

씨앗이 있습니다.

진정한 원(願)은 이루어집니다

모든 것이 원願에 달려 있습니다. 엉뚱한 원은 저절로 일어납니다. 돈, 명예, 인정, 쾌락은 습관적인 욕심입니다. 이런 원을 따라가서 온갖 고통을 만듭니다. 순수한 원은 노력이 필요합니다.

자비심의 원. 절대 남의 고통에 기여하지 않고 한 순간도 못된 마음을 허용하지 않겠다. 항상 사람을 좋아하고 선한 마음을 기르겠다. 남들에게 힘이 되고 도움이 되는 사람이 되겠다. 한 중생도 버리지 않고 예외 없이 모든 중생을 똑같이 사랑하겠다.

수행의 원. 삶과 수행과 법을 하나로 만들겠다. 하루하루를 낭비하지 않고 의미 있게 보내겠다.

인내심의 원. 남의 모욕과 무시와 잘못을 겸손하게 받아들이겠다. 원한을 품지 않고 남을 아끼겠다. 아집을 내려놓고 내려놓고 또 내려놓겠다. 해탈의 길에 모든 어려움을 수용하며 한순간도 포기하지 않겠다.

고통의 원인은 욕심입니다. 행복의 원인은 선하고 깨어

있는 마음입니다. 선하고 깨어있는 마음의 원인은 선하고 깨어있는 마음을 갖고 싶은 원입니다.

바라는 것은 갖게 됩니다. 진정한 원은 이루어집니다. 욕심을 버리고 끝없이 원을 세우십시오. 분명히 이루어집니다. 약속합니다.

보리심의 원

보호가 필요한 이에게 보호자가 되며
길을 가는 이에게 안내자가 되며
강을 건너는 이에게
배가 되고, 뗏목이 되고, 다리가 되게 하소서.
땅을 찾는 이에게 섬이 되며
빛을 찾는 이에게 등불이 되며
쉬고자 하는 이에게 쉴 자리가 되며
종이 필요한 이에게 종이 되게 하소서.
모든 중생 위하여
여의주가 되며
행운의 항아리가 되며
힘 있는 주문이 되며
최고의 약이 되며
소원을 이뤄 주는 나무가 되며
풍요의 소가 되게 하소서.
대지와 같은 요소처럼
늘 있는 허공처럼

한량없는 중생들을 생존하게 하는

바탕이 되게 하소서.

끝이 없는 허공에 존재하는

헤아릴 수 없는 중생들이

고통에서 벗어날 때까지

그들 생명의 근원이 되게 하소서.

공간 남아있는 한

중생 남아있는 한

나도 남아있어서

중생 고통을 없애게 하소서.

– 입보리행론

흙탕물을 맑게 하는 방법

생각이 너무 많죠? 생각을 없애고 싶습니까? 생각이 싫습니까? 생각을 없애려고 하면 생각을 없앨 수 없습니다. 생각을 싫어하면 더 강하게 일어납니다. 마음을 억제하면 반항을 합니다.

흙탕물을 맑게 하는 방법은 내버려 두는 것입니다. 생각도 내버려 두면 조용해집니다. 내버려 두는 것과 외면하는 것은 다릅니다. 피하려고 하면 우리를 따라다닙니다. 지켜보라는 말입니다.

Just Relax. 알아차리려고 하는 의도는 가져야 합니다. 다만 알아차림을 바라는 마음은 버려야 합니다. 명상이란 일체 바람이 없는 것입니다. 의도와 바람은 다릅니다. 의도에 힘이 있습니다. 바람은 불만족입니다. 의도는 기다려 보는, 지켜보는 마음입니다. 바람은 무엇을 하려고 하는 마음입니다. 알아차리려고 하는 의도만 있으면 알아차림이 있어도 없어도, 생각이 있어도 없어도 괜찮습니다. 바람은 꼭 알아차림이 있어야 하고 생각이 없어야 합니다. 의도는 명상의 경험을 만들고 바람은 마음을 초조하게 합니다.

Just Relax.

Be Gentle.

Be Content.

마음을 친절하게 지켜보겠다는 의도로

만족하는 편안한 마음을 가지십시오.

친절하고

만족하고

천천히.

남자와 여자

남자는 하늘에서 왔고 여자는 지구에서 왔습니다. 같이 지내는 것이 보통 일이 아닙니다. 남자는 여자처럼, 여자는 남자처럼 돼야 잘 지낼 수 있다고 봅니다.

여자들을 위한 조언(남자들은 보지 마세요)

남자는 원래 생각이 없는 존재입니다. 무뚝뚝한 고릴라입니다. 일부러 마음을 아프게 한 게 아닙니다. 나쁜 존재가 아니고 멍청합니다. 바보입니다. 여러분처럼 섬세하고 민감하지 않습니다. 그래도 마음은 나쁘지 않습니다. 착합니다. 그러니 봐주세요. 여자가 할 일은 조용히 참고 참고 참는 것입니다. 참는다는 것은 상처를 내려놓는 것을 의미합니다. 멍청한 놈을 나쁜 놈으로 만들지 마세요.

두 번째 여자가 할 일은 잊어버리는 것입니다. 여자의 기억력이 지나치게, 엉뚱하게 좋습니다. 남자가 생각이 없다면 여자는 생각이 너무 많아요. 기억상실이 필요합니다.

세 번째 여자가 할 일은 궁금증을 내려놓는 것입니다. 알아서 뭐하게요? 마음만 아플 것입니다. 모르는 게 약입니다. 남자처럼 뭘 모르고 살면 얼마나 마음이 편할까요. 하늘에서 오신 우리 남자, 바보, 고릴라 잘 모셔야죠.

남자들을 위한 조언(여자들은 읽지 마세요)
여자의 마음은 취약하고 예민합니다. 부서지기 쉬운 꽃처럼 지극히 조심스럽게 대해야 합니다. 호르몬이 남자와 달라서 언제 삐지고 언제 기죽고 언제 아파할지 모릅니다. 은하계의 원리는 알 수 있지만 여자는 알 수 없는 신비입니다. 부처님도 모르실 겁니다. 알려고 하면 안 됩니다. 머리가 터질 수 있습니다. 그냥 호르몬의 불균형이라고 생각하십시오.

남자가 할 일은 2% 친절입니다. 2% 더 친절하고 2% 더 따뜻하고 2% 더 관심을 가지고 2% 더 신경 써야 합니다. 부드럽게 상냥하게 온화하게 대해야 합니다.

두 번째 남자가 할 일은 말을 들어주는 것입니다. 중간에 어디 가지 마세요. 듣는 척이라도 하는 겁니다. 여자가 바라는 것은 관심입니다. 작은 관심과 배려와 격려가 큰 영향을 미칩니다.

세 번째 남자가 할 일은 집안일을 돕는 것입니다. 많이 도우라는 말은 아니지만 마음을 좀 내라는 말입니다. 여자들이 고맙게 생각합니다. 집안일 돕지 않는 남자는 현대시대에 잘 맞지 않습니다.

사실은 남자와 여자가 같이 살면 잘 될 가능성이 없다고 봐야 합니다. 그나마 잘 하고 있는 거죠. 나만 억울하다는 생각은 정말 아닙니다. 서로 억울한 겁니다. 남자와 여자의 이야기는 영원한 코미디이자 비극입니다.

남자는 바보, 여자는 좀 미쳤어요. 서로 봐주어야죠. 그리고 잊지 마세요. 남자는 배, 여자는 항구. 더워서 썰렁한 농담 보내드립니다. 오늘 글 너무 심각하게 생각하지 마세요.

우리 행복이 달려있습니다

우리 행복은 앞에 있는 분과 가족과 직장동료와 인연에 달려 있습니다. 서로 연결되어 있다는 것입니다. 남을 의지해서 행복하고 건강한 삶을 살게 됩니다.

남을 안 좋게 얘기하면 자신을 안 좋게 얘기하는 것과 같습니다. 남을 좋게 이야기하면 자신을 좋게 얘기하는 것과 같은 결과를 갖게 됩니다. 남을 해치면 자신을 해치는 것이고 남을 못 살게 하면 자신이 불행합니다.

자신이 원하는 것을 가질 수 있는 가장 효율적인 방법은 남을 행복하게 하는 것입니다. 자신을 사랑한다면 남을 사랑해야 합니다. 자신이 행복해지고 싶다면 남을 행복하게 해야 합니다. 이것이 연기緣起의 의미입니다.

가장 중요한 사람은 지금 같이 있는 분입니다. 가장 중요한 일은 이 분을 행복하게 하는 것입니다. 우리 행복이 달려 있기 때문입니다.

말과 행동과 생각을 착하게 부드럽게 친절하게 해야 합니다. 우리 행복이 달려 있기 때문입니다.

모든 인연이 중요하고 소중합니다. 이것이 행복한 삶

의 비결입니다. 모든 인연을 좋게 만들려고 노력을 해
야 합니다. 우리 행복이 달려 있기 때문입니다.

　인연 닿는 모든 분들이 행복의 원인이고 복덕의 근
원이며 해탈의 근본입니다. 이를 알아 겸손하게 사랑으
로 맞이하십시오.

수행은 비우는 것입니다

우리는 메뉴를 자세히 보는 것을 너무 좋아하지만 먹는 것을 하지 않습니다. 배고파 죽겠는데 밥을 먹지 않고 메뉴만 보고 있습니다. 다른 식당에 가서도 메뉴를 봅니다. 밥을 먹지 않아서 배는 여전히 고픕니다. 굶어죽을 가능성도 있습니다. 그러면서 불평을 합니다. '내가 메뉴를 이렇게 공부를 많이 했는데 왜 배가 고플까?'

배고프면 밥을 먹어야 합니다. 고통에서 벗어나고 싶으면 수행을 해야 합니다. 수행이라는 개념을 너무 좋아하고 수행 쇼핑도 좋아합니다. 하지만 수행을 하지도 좋아하지도 않습니다.

많이 배울수록 사람이 오만해지고 딱딱해집니다. 성철 큰스님께서 수행자의 계율은 책을 읽지 않는 것이라고 하셨습니다.

처음에는 어느 정도까지 공부를 해야 합니다. 식사 주문하기 전에 메뉴를 봐야 합니다. 너무 많이 배우면 개념이 너무 많아집니다. 머리가 더 복잡해집니다. 공부 자체는 좋더라도 누가 어떻게 언제 접하는지에 따라서 도움이 될 수 있고 해가 될 수 있습니다.

수행은 비우는 것입니다. 더 단순해지는 것입니다. 개념에서 벗어나는 것입니다. 수많은 수행자들은 수행의 이름으로 에고만 키웁니다. 에고를 없애야 하는데 정확하게 반대를 합니다. 이 공부 저 공부, 결국은 에고의 자랑거리로 남습니다. 돈이 많고 명성 있는 수행자가 되고 싶어합니다. 마음의 평화는 관심없습니다.

해탈하려면 한 가지 수행에 전념해야 합니다. 수행에 대한 헌신이 있어야 합니다. 끈질긴 노력이 비법입니다.

내버려 두고 기다리기

우리는 일시적인 현상에 너무 많은 의미를 부여합니다. 환영에 쉽게 넘어갑니다. 영원할 줄 알고 실제로 존재하는 줄 압니다. 모든 고통은 환영입니다. 환영이란 지나간다는 말입니다. 자체적인 의미가 없다는 말입니다. 좋지도 나쁘지도 않다는 말입니다. 환영을 대체할 수 있는 훌륭한 방편은 내버려 두고 기다려보는 것입니다. 개념을 만들지 않고 하룻밤 푹 자면 저절로 해결될 수 있어요.

문제들은
개념화하지 않고
내버려 두고
기다려보면
저절로 해결되는 경우가 대부분이라고 할 수 있습니다.
일시적인 현상에 속아서 큰 일로 만들면 꽤 오래 갈 수 있습니다.

힘들 때 다음과 같은 만트라를 외워보세요.

몰라

내비도

기다려봐

괜찮을 거야.

인정과 행복

우리는 인정에 너무 집착합니다. 보시를 하거나 좋은 일을 하면 꼭 다른 사람에게 알리려고 합니다. 좋은 여행을 하거나 아름다운 곳에 가면 꼭 다른 사람에게 자랑을 합니다. 과거에 잘한 것이나 지금까지 잘해 온 것을 꼭 남들에게 알려줍니다. 수행의 공덕도 자랑을 해서 에고로 넘깁니다. 자랑은 공덕을 파괴하고 에고만 키웁니다.

인정을 받는 것은 내 편을 강화시키고 상대방을 더 싫어하게 됩니다. 평등심의 지혜와 멀어집니다. 남의 인정은 몸을 건강하게 하지 않고 마음을 편안하게 하지 않습니다. 헛된 즐거움입니다. 인정을 더 받을수록 집착이 생기고 더 바라게 됩니다. 인정을 위해서 사는 것이죠. 인정을 바라고 인정을 받고 또 인정을 갈망하는 것은 끝이 안 나는 악순환입니다. 인정을 즐기는 것은 가려움을 긁는 것과 같습니다. 자신에게 해가 되는 것을 즐거워하는 것입니다. 오른 손으로 보시하면 왼손도 모르게 하라고 합니다. 익명의 보시가 아름답습니다.

수행의 체험을 아무한테나 말하지 않으면 깨달음으로 남습니다. 선행의 과보는 마음의 평화이며 남의 인정입니다. 따로 남의 인정을 구할 필요가 없습니다. 아름다운 경험은 '내가' 안 들어가서 아름다운 것입니다. 내 것으로 만들면 아름다움이 없어집니다.

우리가 원하는 것은 인정이 아니라 행복입니다. 행복을 원한다면 자신의 좋은 점과 잘하는 것을 비밀로 간직하십시오. 못하는 것과 못난 점을 알리십시오. 에고가 숨을 데가 없도록 에고의 허물을 밝히십시오. 이것이 참된 행복의 길입니다.

의도적인 삶

헨리 데이비드 소로는 "나는 의도적인 삶을 살아보고자 숲으로 들어갔다."고 말했습니다. '의도적인 삶'이 요즘 제 화두입니다. 의도적인 삶이란 순간순간 무엇을 하고 있는지 무엇을 생각하고 있는지 알면서 사는 것이라고 생각합니다. 차를 마시면서 차를 마신다는 것을 알고, 산책하면서 걷고 있다는 것을 알고, 밥을 먹으면서 먹고 있다는 것을 아는 것입니다. 결국 이것이 수행입니다.

생각 없는 앎!
생각을 놓은 깨어있음!
깨어 있으면 사는 것입니다.
깨어 있으면 붓다입니다(Buddha 깨어난 자).
해탈의 길을 갈 때도 처음, 중간, 끝에도 무념, 무심, 이 단순한 마음자리를 지키는 것입니다. 매순간 신중히 조심스럽게 주의 깊게 앎을 유지하는 것입니다.

뇌수술 하는 의사처럼 매우 신중히

한밤중 도둑처럼 매우 조심스럽게
사랑에 빠진 연인처럼 열정으로
풀 먹는 소처럼 쉬지 않고
신중한 헌신과 다짐이 필요합니다.
깨어있음에 반하세요.
알아차림으로 마음을 향하세요.
만트라나 절수행이나 염불수행이나 요가나 모든 수행을 하는 이유는 결국 순간순간 깨어있기 위한 것입니다. 순수자각, 알고 있는 자체를 지키기 위한 것입니다. 이것이 우리의 본성이며 부처님입니다.

처음에는 생각 없는 깨어있음을 유지하는 것이 정말 어렵습니다. 하면 할수록 쉬워지고 더 잘 유지됩니다. 결국은 자동으로 노력 없이 된다고 합니다.

의도적인 삶을 위한 조언
• 활동을 줄이십시오.
• 말을 줄이십시오.

- SNS와 티브이를 줄이십시오.
- 간소화하십시오.

Simplify! Simplify! Simplify!

그리고 이 순간을 신중히 지키십시오. 여기서
자비가 나오고 지혜가 나오고 힘이 나오고 부처님이
나오십니다.

SLOW SIMPLE AWAKE

오직 모를 뿐, 오직 사랑할 뿐

누가 무엇을 해도 일어나는 마음은 우리 겁니다. 누가 뭐라고 해도 일어나는 마음은 우리 겁니다. 누구 탓할 수 없습니다. 마음공부 부족함의 탓입니다. 잘못된 지각을 집착하는 탓입니다. 무명의 탓입니다. 우리는 정말 뭘 모릅니다. 우리가 할 수 있는 것은 내려놓는 것뿐입니다.

알려고 하면 문제를 만듭니다.
이치를 찾으려면 마음을 복잡하게 합니다.
생각이 이어가면 더 화가 납니다.
자기 입장을 따질 이유와 필요가 없습니다.
마음이 일어나면 내려놓으십시오.
해결책을 찾지 마십시오.
머리를 굴리지 마십시오.
잊어버리십시오.
넘어가십시오.
그리고 상대방의 은혜를 잊지 마십시오.

사랑하십시오.

아끼십시오.

감사하십시오.

오직 모를 뿐

오직 사랑할 뿐.

정진의 비결

정진精進, Virya의 비결은 일관성 있는 수행, 끈질긴 노력입니다. 우리는 일시적인 감정과 기분에 너무 집착합니다. 명상할 때도 마음의 평화를 기대하면서 합니다. 명상의 목적은 마음의 평화가 아니라 깨어있음입니다. 깨어있음은 아는 것을 의미합니다. 마음이 어지럽다는 것을 아는 것, 마음이 둔하다는 것을 아는 것, 졸음이 있다는 것을 아는 것, 무엇을 하고 있고 무슨 생각이 있다는 것을 아는, 앎이 명상입니다. 앎에 마음을 두십시오. 명상의 체험은 신경 쓰지 마세요.

수행의 진보를 보려면
명상이 잘 될 때나
잘 안 될 때나
하고 싶을 때나
하기 싫을 때나
기분이 좋을 때나
기분이 좋지 않을 때나

계속 노력해야 합니다.

알아차리려고 하는 의도는 늘 있어야 합니다.

기분이 좋지 않고

기가 잘 돌지 않고

마음이 둔하고

알아차림이 잘 안 되는 것에

신경 쓰지 마세요.

명상의 경험이 좋든, 안 좋든 노력하는 마음이 있으면

똑같이 우리에게 혜택을 주고 수행의 진보가 있습니다.

Just do it!

Try, Try, Try!

남의 행복에 마음을 쓰세요

기분이 안 좋을 때 잘 해주세요.

기분이 안 좋을 때 잘 해주기 쉽지 않아요.

싫을 때 친절하세요.

좋을 때는 저절로 친절하잖아요.

나중에 후회하지 말고 기분 안 좋을 때도 친절하세요.

조금 더 노력해서 잘해주세요.

일시적인 기분에 너무 개의치 말고

남의 행복에 마음을 쓰세요.

자신의 고통에서 벗어날 수 있는 가장 좋은 방법입니다.

기분 좋을 때도 안 좋을 때도 한결같이 친절하세요.

내 마음을 책임지는 것

사람이 무서운 것보다는

두려움이 우리 마음에 있는 것입니다.

사람이 싫은 것보다는

미움이 우리 마음에 있는 것입니다.

사람이 나쁜 것보다는

나쁜 마음이 우리에게 있는 것입니다.

남을 탓하는 것이 만 가지 해악의 원인입니다.

내 마음을 책임지는 것이 만 가지 복덕의 원인입니다.

단순한 마음

살면서 어떤 일이 있더라도
(생각으로) 다른 무엇을 만들지 않으면
아무 문제없습니다.
순간순간 단순한 마음을 유지하세요.

생각은 지나가는 환영입니다

우리 마음은 습관적으로 고통을 찾습니다.

생각으로 고통을 만들기 시작할 때가

결정적인 때입니다.

이때 생각을 놓 수 있다면

생각이 이어가지 않게 마음을 내려놓을 수 있다면

문제 끝! 고통 끝!

결정적인 그 순간을 놓쳐서 생각을 이어가면

마음이 굳어지고 점점 감당하기 어려워집니다.

그러면 고통이 꽤 오래 갈 수 있습니다.

마음이 고통 쪽으로 움직일 때 힘 빼고 릴렉스!

결정적인 순간에 알아차려야 합니다.

생각은 지나가는 환영입니다.

생각으로 하루하루 무엇을 만들지 마세요.

생각으로 무엇을 많이 만들면 고통이 많습니다.

생각으로 무엇을 조금 만들면 고통이 조금 있습니다.

생각으로 아무것도 안 만들면 고통이 하나도 없습니다.

이것이 요점입니다!

수행자에게

구도의 길에 모든 좋은 것과 세속적인 모든 좋은 것은 공덕으로 생깁니다. 공덕을 쌓는데 마음을 쓰세요. 많이 베풀고 선한 마음을 기르세요. 작은 착한 일도 등한 시하지 마세요. 한 방울씩 모아도 큰 항아리를 채울 수 있습니다. 마찬가지로 작은 허물을 무시하지 마세요. 스스로 자제하세요. 작은 불씨가 온 집을 태워버릴 수 있듯이 작은 잘못도 금방 커집니다.

조심스럽게 신중히 행하고 말을 적게 하세요. 아주 작은 일로 좋은 상황을 망칠 수 있다는 것을 기억해 주세요.

좋은 사람을 비판하지 말고 비웃지 마세요. 경쟁하는 질투심을 완전히 버리세요.

우리보다 못하는 사람을 무시하고 경멸하지 마세요. 오만과 자만심을 버리세요.

우리 생명은 부모님 덕분이라는 것을 잊지 마세요. 마음 아프게 하지 말고 행복하게 하세요.

우리를 의지하는 사람들에게 배려와 따뜻함을 보여

주세요. 착하게 살고 못된 마음을 버리라고 가르쳐 주세요. 작은 잘못은 봐주세요.

좋지 않은 사람들과 어울리지 마세요. 업을 존중하지 않고 남을 욕하고 거짓말 하는 사람들을 멀리 하세요. 멀리 할 때는 친절하게 능숙하게 하세요. 앞에서는 좋은 말 하고 뒤에서는 욕하는 사람을 의지하지 마세요.

사람들과 쉽게 벗하지 마세요. 좋은 사람들과 어울리세요. 정직하고 현명하고 신중하고 예의 바르고 배려 깊은 사람들과 벗하세요.

왔다 갔다 하는 행복과 고통 속에서 평정심을 유지하세요. 모든 사람을 친절하게 평등하게 대하세요. 부주의한 말을 절제하지 못하면 사람들의 노예가 됩니다. 반면에 말을 너무 안 하면 사람들이 혼란스러워할 수 있습니다.

오만으로 뽐내지도 말고 동네북도 되지 마세요. 중도를 지키세요.

사실을 알기 전에 소문을 쉽게 믿지 마세요. 입을 다

물 수 있는 사람은 정말 드뭅니다.

우리가 원하는 것과 소원을 누구한테나 말하고 다니지 마세요. 스스로 마음에만 간직하세요.

좋아하는 사람이나 잘 모르는 사람이나 싫어하는 사람에게도 절대 신뢰를 잃게 하지 마세요.

모든 사람들에게 친절하고 미소를 띠고 부드럽고 편안하게 말을 하세요.

위에 있는 사람들에게는 존경을 표하세요. 그 분에게 좋지 않은 일이 생겨도 비난하지 마세요. 동시에 거만하고 자만심이 강한 천박한 사람 앞에 비굴하지 마세요.

못 지킬 약속은 하지 마세요. 약속을 했다면 꼭 지키세요. 작은 약속도요.

실패와 불행에 너무 우울하지 마세요. 무엇이 정말 도움이 되고 도움이 안 되는지 잘 살피세요.

이런 바른 행동은 성공과 번영을 갖게 하고 선도로 속히 가는 길입니다. 닝마파 큰 스승인 두좀 린포체님의 제자들을 위한 조언을 정리했습니다.

나의 허물, 남의 허물

다른 사람의 허물을 지적하는 것이 주로 도움이 되지 않습니다. 대부분 사람들은 자신의 허물을 인정하지 못합니다. 모든 지적을 하나씩 방어하면서 잘못이 하나도 없는 것처럼 허물을 덮습니다. 자동적으로 아니라고 부정하면서 온갖 증명을 찾아서 에고를 보호합니다. 인정하더라도 행동을 바꾸는 것은 정말 어렵습니다.

우리는 자신의 행동을 못 바꾸면서 남의 행동을 바꾸려고 합니다. 남의 허물을 정확하게 파악하지 못합니다. 내가 행복하지 못할 때 남 탓하기 쉽습니다. 남의 허물을 지적할 때 정말 조심스럽게 해야 합니다. 잘 모르면 안하는 것이 좋습니다.

반면에 누가 우리 허물을 지적할 때는 변화할 수 있는 이상적인 기회입니다. '당신이나 잘 하세요'라고 오만하게 나오지 말고 그것에 내가 해당이 되는지 신중히 성찰해야 합니다. 해당이 되면 감사하게 겸손하게 받아들여서 허물을 알아차릴 수 있는 기회로 삼으세요. 해당이 안 되더라도 오만하게 나올 필요는 없죠. 친절

하면서 신경 안 쓰면 됩니다. 모든 사람들로부터 배우
도록 하세요.

우리의 허물을 지적하는 사람들이 많지 않습니다. 이
런 훌륭한 기회가 주어졌다면 놓치지 말고 자신을 잘
살펴보세요. 숨은 허물을 알아차리고 버릴 수 있다면
100일 기도하는 것보다 더 많이 성장을 할 수 있습니다.

지혜로운 사람은 조언을 잘 받아들이고 어리석은 사
람은 조언을 잘 받아들이지 못합니다.

보시바라밀 수행 방법

- 쓸 때 없는 물건을 사지 않습니다. 물건을 줄이고 만족함을 키우고 소박한 삶을 추구합니다. 자발적인 가난함이 보시수행의 기반입니다. 돈을 올바르게 활용합니다.

- 돈을 은행에 저축하듯이 보시로 공덕은행에 저축해야 합니다. 가장 중요한 자산은 보시입니다. 보시의 중요성을 알면 베푸는 것이 어렵지 않습니다.

- 보시는 마음입니다. 가난한 사람이 순수한 마음으로 정성을 다해 작은 것을 보시하는 것이 부자가 오만하게 큰 보시를 하는 것보다 공덕이 훨씬 큽니다. 보시할 때 마음을 잘 살펴야 합니다.

- 보시의 핵심은 무집착입니다. '내가' 보시했다는 개념이 보시의 공덕을 약하게 합니다. 보시하고 나서 잊어버리고 아무한테도 말하지 않습니다.

- 보시의 공덕을 사라지게 하는 원인들(화를 내거나, 자랑하거나, 후회하는 등)을 예방하기 위해서 회향기도를 합니다. 보시하자마자 불보살들의(주체 객체 행위가 없는 순수한) 회향을 본받아서 모든 중생의 성불에 회

향합니다. 회향발원은 공덕이 사라지지 않게 합니다.

• 인색함도 보시도 습관입니다. 인색한 마음을 잘 알아차려서 보시로 대치합니다. 인색한 습관은 악귀로 태어나게 하고 잘 베푸는 습관은 다음생에 부자로 태어나게 한다고 합니다. 이것이 부처님의 부자 되는 비결입니다. 인색한 마음이 일어날 때 바로 베풀면 보시의 습관을 기를 수 있습니다.

• 집착하는 것을 보시합니다. 보시수행은 집착을 없애기 위해서 하는 것입니다. 집착하는 것을 남에게 주면 집착이 닦아집니다.

• 아침마다 불단에 초와 꽃과 향과 물을 올릴 수 있습니다. 보시는 마음이기 때문에 주인이 없는 산과 꽃과 자연환경도 공양 올릴 수 있습니다. 아름다운 꽃을 보거나 새로운 옷을 사거나 맛있는 음식을 먹기 전에 공양을 올립니다. 특히 집착하는 것을(권력, 명예, 재산 등) 마음으로 공양 올릴 수 있습니다.

• 중생의 행복은 보시로 이루어진다고 합니다. 오늘

만나는 사람마다 보시할 기회가 주어집니다. 다른 사람을 조금 행복하게 할 수 있는 기회를 놓치지 마세요. 동네 구멍가게 물건을 살 때 보시하는 마음으로 물건을 살 수 있습니다. 택시를 탈 때 팁을 조금 주면서 보시하는 마음으로 요금을 낼 수 있습니다.

- 다른 사람의 마음에 두려움을 없애고 힘이 되고 격려하는 것은 말보시라고 합니다. 돈이 없어도 친절한 말 한마디로 남을 행복하게 할 수 있습니다.

- 마음에 깨우침을 주는 것은 법보시라고 합니다. 보시 중에 가장 좋은 보시입니다. 글이 좋아서, 책이 좋아서 무조건 베푸는 것이 법보시가 아닙니다. 법보시는 조심스럽게 해야 합니다. 도움이 될 수도 있고 해도 될 수 있기 때문입니다. 법보시할 때는 지혜가 필요합니다.

보시는 감사와 사랑의 외적인 표현입니다. 말과 행동과 생각으로 모든 중생에게 모든 것을 주는 것입니다. 사실 우리 것도 아닌데 다 주고 가야죠.

티베트 공양게

옴아훔(공양물을 청정하고 무한하게 하는 진언)

최상의 스승 보배로운 부처님

최상의 귀의처 보배로운 불법

최상의 인도자 보배로운 상가

삼보께 귀의하여 이 공양을 올립니다.

'이것을 주면 나에게 무엇이 남겠나?'

이것은 악귀의 정신이다.

'이것을 안 주면 남을 돕고 보시할 기회를 놓친다.'

이것은 천신의 정신이다.

– 입보리행론

마음먹기 나름

'못 살겠다'에서 '살 것 같다'까지는
커피 한 잔입니다.
'어찌 그럴 수가'에서 '그럴 수 있겠다'까지는
보는 눈의 작은 각도 차이입니다.
'할 수 없다'에서 '할 수 있다'까지는
마음먹기 나름입니다.
'우울한 하루'에서 '괜찮은 하루'까지는
한 생각의 차이입니다.
'너무 피곤하다'에서 '힘이 나네'까지는
몸을 좀 움직이는 데 달려있습니다.
'견딜 수 없다'에서 '견딜만하네'까지는
2% 차이입니다.
'저 나쁜 놈'에서 '나와 똑같은 사람'까지는 자비희사의
차이입니다.
'너무 힘든 하루'에서 '좋은 하루'까지는 1.5초입니다.

한 생각만 돌리면 지옥을 정토로 바꿀 수 있습니다. 자

체적으로 나쁜 상황은 없습니다. 생각으로 나쁜 상황을 만들고, 생각으로 좋은 상황을 만듭니다. 부정적인 생각이 이어가기 전에 바로 잡는 것이 요점입니다.

절대 포기하지 않고 자비심을 잊지 않고 커피 한 잔하고 좋은 하루 되세요.

방편과 지혜

명상 수행의 두 가지 훈련은 방편과 지혜입니다. 방편이란 선한 경향을 기르는 것입니다. 항상 마음을 살펴서 이기적인 마음, 남을 싫어하는 마음, 오만한 마음, 모든 못된 마음을 즉시 버리는 것입니다. 선한 마음, 순수한 마음, 사랑과 자비심을 가지려고 합니다. 착한 마음이 있으면 모든 중생을 포함한 대자대비로 확대하는 것입니다.

지혜란 생각을 마음에 담지 않는 것을 의미합니다. 생각으로 업을 만들고 망상을 만듭니다. 모든 상황을 순수하고 완전히 열린 마음으로 접하는 것입니다. 생각을 놓고 개념을 벗어난 본마음에 쉬는 것입니다. 내재의 지혜와 익숙해지는 것입니다.

방편으로 공덕자량을 하며 지혜를 키웁니다. 지혜가 있으면 방편은 저절로 갖게 됩니다. 방편과 지혜는 같이 있습니다.

친절한 깨어있음

우리는 불필요하게 고통을 받습니다.
고통의 주요 원인은 잡고 있는 것입니다.
내려놓지 못하는 것입니다.
문제가 있다고 생각하는 것이 문제입니다.
고통이 있다고 생각하는 것이 고통입니다.
마음의 탓인데 남 탓하고 환경을 탓합니다.
내가 행복하지 못해서 남들도 못 살게 하려고 합니다.
가상의 먹구름 밑에 살고 있습니다.
고통이 익숙하고 슬픔을 의지합니다.
그런데 고통을 찾아도 찾을 수 없는 환영이며
생각뿐입니다. 한 생각만 돌리면 고통이 끝납니다.
개념 짓지 않는 것, 내려놓는 것, 여기에
답이 있습니다. 생각 없는 깨어있음이
모든 것을 치유합니다.
생각할 것이 있으면 깨어있음을 생각하세요.
무엇을 하려고 하면 깨어 있으려고 하세요.
친절한 깨어있음을 주요 관심사로 삼으세요.

깨어있는 그 자체가 수행

수행의 비결은 그냥 하는 것입니다. 수행에 대한 기대와 핑계와 의심과 걱정과 전략과 계획으로 수행을 못합니다. 수행을 아는 것과 수행을 하는 것은 다릅니다. 수행을 찾지만 수행을 하지 않습니다. 수행은 여기 이 순간과 익숙해지는 것입니다. 깨어 있으면 이미 붓다입니다. 부처님은 다른 데 없습니다.

깨어있으면 깨달음이 있습니다. 평생 찾고 있는 것을 찾은 겁니다. 하지만 익숙해져야 합니다. 익숙해지는 것이 수행입니다. 하고 또 하고 또 하고 또 하는 반복이 수행입니다. 행복을 갖는 것이 수행이 아닙니다. 행복을 바라는 마음을 버리고 그냥 깨어있는 것이 수행입니다. Just do it! 그리고 반복!

꿀 묻은 칼

집착이란 꿀 묻은 칼과 같습니다. 달콤하지만 결국은 다치게 됩니다. 집착이란 간지러움과 같습니다. 긁을 때는 시원하지만 상처로 남습니다. 집착이란 마약과 같습니다. 처음에는 해방을 느끼게 하지만 노예로 만듭니다. 집착은 행복을 약속하지만 고통을 줍니다.

우리는 고통을 싫어하지만 고통의 원인을 따라다닙니다. 고통중독자입니다. 언젠가는 스스로를 그만 해치겠다고 결정해야 합니다. 타인과 자신을 위해서 다시는 안 하겠다고 결심하면 한동안 마음이 아픕니다. 하지만 집착이 주는 아픔과 달리 이 아픔은 마음을 정화하며 참된 행복을 갖게 합니다.

어리석은 사람은 작은 보상을 위해서 크나큰 고통을 받습니다. 지혜로운 사람은 작은 즐거움을 포기함으로써 크나큰 행복을 갖게 됩니다.

그냥 차를 마셔보세요

우리는 지루함을 견디지 못합니다. 한순간도 가만히 있지 못합니다. 지루함을 누리는 것이 수행입니다. 이 순간에 아무것도 하지 않는 것을 즐길 줄 알아야 합니다. 밥 먹을 때 밥 먹는 자체를 즐기는 것을 배워야 합니다. 앉을 때 그냥 앉는 것이 너무 고귀합니다. 부처님은 지루함과 익숙하신 분입니다. 명상은 지루함을 즐기는 것입니다. 사실 마음을 세밀하게 볼 줄 알면 지루하지도 않습니다.

우리 마음은 항상 무엇을 해야 합니다. 진정한 수행은 아무것도 안 하는 것입니다. 조작 없이, 꾸밈없이, 행위 없이 그냥 쉬는 것입니다. 쉬는 것에 익숙해지는 것이 명상입니다.

차 마실 때 책 보지 말고 티브이 끄고 휴대폰을 내려놓고 그냥 차를 마셔보세요. 지루함 속에 마음을 쉬세요.

삶의 실상은 불확실함입니다

감각적인 즐거움을 즐기는 것이 나쁜 것이 아닙니다. 인간은 감각이 있는 존재이며 오감을 즐기는 것은 당연한 것입니다. 하지만 감각적인 즐거움이 행복의 원인인 줄 알고 영원히 갖고 싶어서 욕심과 집착이 생깁니다. 결국은 즐거움이 실망과 고통으로 변합니다. 집착이 즐거움을 망칩니다. 즐거움의 무상함을 모르기 때문에 즐거움이 다하면 아쉬움이 남습니다. 즐거움이 지나갈 줄 알면 있을 때는 즐겁고 없을 때는 문제가 되지 않습니다. 아무도, 아무것도, 아무 경험도 영원한 것은 없습니다.

언젠가는 애인과 헤어질 것이라는 마음으로 사귀면 같이 있는 시간이 소중하고 헤어지게 되더라도 받아들일 수 있습니다. 만나면 헤어지기 마련입니다. 돈이 있으면 언젠가는 돈이 없을 거라는 생각으로 돈을 잘 활용하면 됩니다. 영원히 갖고 싶은 욕심은 고통을 만듭니다. 돈을 집착하면 두려움 속에 삽니다. 모은 것은 흩어지기 마련입니다.

안정되고 영구적인 행복을 늘 마련하려고 합니다. 하지만 삶의 실상은 불확실함(무상) 입니다. 불확실함을 받아드리지 못해서 집착과 강박을 만듭니다. 지나가고 말 돈과 쾌락과 명예를 꽉 잡고 삽니다. 이 잡는 것이 고통입니다.

마음이 깨어 있으면 무상을 경험하게 됩니다. 마음이 현존하기 때문에 지나가는 것을 경험합니다. 불확실함을 받아들이게 됩니다.

즐거움 자체는 나쁘지 않습니다. 깨어있는 마음으로, 내려놓는 마음으로 마음껏 오감을 즐기세요. 재미있게 사는 것이 삶의 목적입니다. 재미있게 살려면 모든 것이 지나갈 줄 아는 무집착이 비결입니다. 모든 기대와 두려움을 내려놓고 깨어있는 것입니다.

어떤 상황에도

우리는 안 좋은 상황에 다 포기하고 체념하는 습관이 있습니다. 알아차림과 자비심을 포기합니다. 그때 상황을 수행으로 삼으려고 알아차릴 수 있다면 경험은 좋지 않더라도 유익한 결과를 갖게 됩니다. 우리는 모든 것을 흑백으로 보는 깊은 습관이 있습니다. 좋은 상황에도 나쁜 점이 있고, 안 좋은 상황에도 좋은 점이 있습니다. 모든 상황은 유동적이며 원인과 조건이 늘 변하고 있습니다. 상황을 쉽게 하는 판단은 실상과 어울리지 않습니다.

안 좋은 상황에서 깨어있음을 어느 정도 유지할 수 있다면 배울 것이 많습니다. 성장할 기회입니다. 어떠한 상황에도 깨어있음과 자비심을 가지려고 해야 합니다. 특히 안 좋은 상황에서 알아차림을 고집해야 합니다. 깨어있음이 요점입니다.

따뜻한 미소

기분이 안 좋은 것을 사람들에게 보여줄 필요 없습니다. 자신의 부정적인 마음을 표현하지 않는 것은 가식이 아니라 남에 대한 배려입니다.

　매일 안 좋은 것을 생각하고 표현하지 말고 좋은 것을 생각하고 표현하세요. 기분이 어떤지 떠나서 맑고 밝은 분위기를 만들어 보세요. 어디 가든지 찡그린 얼굴을 치우고 따뜻한 미소로 모두에게 진정한 벗이 되세요.

죽을 때 가져 갈 수 있는 다섯 가지 자산

하나 자비심. 가질 수 있는 것 중에 가장 중요한 것이 자비심입니다. 돈이 하나도 없어도 자비심이 있으면 세상이 괜찮습니다.

둘 알아차림. 이생에 잘 닦아 놓아야지 미래생에 더 깊이 수행할 수 있게 됩니다.

셋 보시공덕. 보시하는 것은 보이지 않는 은행에 저축을 하는 것입니다. 보시는 가장 중요한 자산이며 욕심내서 키워야 합니다.

넷 인연. 깨우친 스승과 인연, 마음공부와 인연, 부모님을 잘 모시는 것, 도반들과 잘 어울리는 것, 모든 인연을 소중히 여기고 좋게 만들려고 하는 것입니다. 수승한 가르침과 수승한 스승과 인연이 그렇게 중요합니다.

다섯 자제력. 좋지 않은 말과 행동과 생각을 자제하는 힘은 이생과 미래생에 도움이 됩니다.

고통의 열다섯 가지 특징

- 먹구름처럼 어둡더라도 실체가 없다.
- 파도처럼 왔다 갔다 한다.
- 생로병사처럼 피할 수 없는 삶의 자연스러운 일부다.
- 좋게 보면 기회이고 나쁘게 보면 위기이다.
- 폭풍처럼 무섭더라도 곧 지나간다.
- 개념화를 하면 고통을 키운다.
- 없기를 바라면 고통에게 힘을 준다.
- 굉장히 과하게 본다.
- 직시를 하면 고통이 약해진다.
- 기꺼이 받아드리면 견딜만하다.
- 오만을 없앤다.
- 연민이 커진다.
- 업장 소멸이다.
- 텅 빈 하늘의 바람처럼 별일이 아니다.
- 꿈에서 겪는 고통처럼 마음이 만든 환영이다.

오늘은 고통스럽더라도 내일은 행복할 수 있습니다. 오전에 불행하더라도 오후에 행복할 수 있습니다. 어제는 구름이 꼈는데 오늘은 화창합니다. 날씨도 삶도 원래 이래요. 아이들은 맑은 날에 놀고 비오는 날에도 놀아요. 행복한 날을 즐기고 불행한 날도 최선을 다해서 즐겨 보세요. 불행한 날은 100% 불행하지 않습니다. 얻을 것도, 배울 것도 많습니다. 용기를 키울 수 있는 기회를 놓치지 마세요.

세속의 즐거움

우리는 세속적인 집착이 있기 때문에

어느 정도 티브이를 보고

어느 정도 정신없이 수다 떨고

어느 정도 여흥을 취하고

어느 정도 술을 마시고

어느 정도 게으름을 피우고

때로는 소풍을 가고

때로는 갈비를 먹고

때로는 관광을 해야 합니다.

괜찮아요. 우리는 성자가 아닙니다.

스스로를 좀 봐주세요.

다만 적당히 하세요. 그리고 세속적인 즐거움이 진정한 행복이 아니라는 것을 알면서 즐기세요. 실체가 없고 환영 같은 가상적인 즐거움을 집착 없이 즐기세요.

　그리고 깨어있으면서 하세요. 깨어있음을 더 많이 가질수록 세속적인 즐거움에 대한 집착과 의지가 자연스럽게 떨어집니다.

중독에서 벗어나는 다섯 단계

하나 다짐. 그만 하겠다는 날짜를 정해서 중독을 단절하는 겁니다. 단절하는 날짜를 한 달 안에 잡는 것이 좋다고 합니다. 선을 긋고 더 이상 하지 않겠다고 약속을 합니다.

둘 약속을 왜 지켜야 하는지 목록을 만듭니다. 약속을 지키는 좋은 점과 중독에 빠지는 안 좋은 점을 적어 놓습니다.

셋 약속을 지킬 수 있는 환경을 만들고 중독에 빠지게 하는 환경을 멀리합니다. 집을 청소하고 환경과 인연을 정리합니다.

넷 약속을 하고 나서 유혹이 올 때 친절하게 깨어있는 것입니다. 이것이 중독에서 벗어나게 하는 가장 중요한 요소입니다. 갈망이 올라오고 몸에서 당길 것입니다. 지금까지는 갈망에 빠지거나 갈망과 싸웠습니다. 이제는 갈망을 오고 가게끔 담담하게 지켜보는 것입니다. 우리는 갈망이 아니고 올라오는 생각도 아닙니다. 생각과 동일시하면 힘듭니다. 갈망이 아무리 침입해도 일시적입니다. 갈망의 생각에 중요성을 두지 않고 자연스럽게 지나가도록 허용하는 것입니다. 이렇게 하면 점차적으로 자연스럽게 유혹이 약해지며 언젠가는 다시는 일어나지 않습니다. 일어나는 갈망에 친절하게 깨어 있는 것이 중독에서 벗어나게 하는 가장 효율적이고 쉽고 직접적이고 친절한 방편입니다.

다섯 그리고 적어 놓은 목록을 읽어 보고 마음에 되새깁니다. 갈망이 일어날 때, 몸에서 당길 때 거부감을 만들 수 있다면 중독이 약해집니다.

중독이 있는 이유는 우리 삶이 부족하고 인간관계가 좋지 않고 보람을 못 느끼기 때문입니다. 의미 있는 삶을 살게 되면 저절로 중독에서 벗어나게 됩니다. 인간관계가 좋아지면 중독을 버리기 쉽습니다. 중독의 원인은 여기에 있습니다.

약속을 할 때는 절대 안 하겠다고 다짐하지만 중독에 다시 빠질 수 있는 가능성도 있다는 것을 알아두면 좋습니다. 다시 빠져도 완전히 빠지지 말고 잘 알아차

려 보세요. 실패는 성공의 어머니라는 것을 잊지 마시
고 스스로에게 친절하세요. 실패는 완전한 자유로 가는
디딤돌입니다.

분노증오가 주는 열 가지 손상

하나 원수 한 명과 싸우면 원수가 배로 나타납니다.
가는 곳마다 원수를 만나게 됩니다.

둘 잠을 잘 못 잡니다. 제대로 쉬지 못합니다.

셋 평판이 안 좋아집니다. 사람들이 우리를 안 좋게
보고 안 좋게 이야기합니다.

넷 비난 비판을 잘 받습니다. 사람들이 괜히 우리에게
야단을 칩니다.

다섯 건강이 안 좋아집니다. 분노는 병을 만듭니다.
기운도 빠지고 몸이 허약해집니다.

여섯 분노보다 더 무거운 업은 없습니다. 집착보다
백배 더 안 좋다고 합니다.

일곱 물질적인 손해도 큽니다. 힘들게 모은 돈과
재산이 눈앞에서 사라집니다. 분노는 공덕을 한꺼번에
파괴합니다.

여덟 얼굴이 못생겨집니다. 잘 늙지 못합니다.

아홉 친구들이 도망갑니다. 가까운 사람들도 우리를 안
좋아합니다.

열 외롭습니다. 누구에게도 위안을 받지 못하고 세상에
혼자 있는 것 같습니다.

분노의 특징과 대처법

분노 자체는 좋지도 나쁘지도 않은 에너지입니다. 이 에너지에 체념하거나 막으려고 하면 여기서부터 문제가 되는 것입니다. 이 에너지는 맑고 분명합니다. 화가 나면 마음이 굉장히 명확합니다. 이 에너지는 강력합니다. 기운이 없을 때도 화가 나면 기운이 생깁니다. 자연산 각성제입니다. 금강승에서는 분노의 본질을 거울 같은 지혜라고 합니다. 일어나는 순간 본질을 인지하면 힘을 주고 마음을 맑게 하는 에너지입니다.

화가 나는 이유는 성질이 나빠서가 아니라 행복 하고 싶은 마음 때문입니다. 행복 하고 싶은 마음은 순수한 마음이며 자신에 대한 사랑입니다. 행복 하고 싶은 마음(사랑)에 장애가 생기면 화가 나는 것입니다. 자신을 싫어하는 이유도 남을 싫어하는 이유도 사랑 때문입니다. 사랑은 순수하지만 분노와 미움으로 표현하게 됩니다.

분노에 빠지는 것을 표출이라고 합니다. 화를 내면 후회를 하고 화내는 습관을 키우게 됩니다. 분노를 참는 것을 억압이라고 합니다. 일어나는 마음을 막으려고, 없애려고 하는 것입니다. 일어나는 마음을 싫어합니다. 분노와 싸우면 마음에 갈등이 생기고 불편합니다. 화를 자꾸 참다보면 병이 생기고 어느 날에 크게 폭발하게 됩니다. 화를 참는 것도 분노의 습관을 키우는 것입니다.

분노를 다스릴 수 있는 가장 효율적이고 직접적인 방법은 분노를 지켜보는 것입니다. 분노 속에 릴렉스하는 것입니다. 몸에도 마음에도 힘을 빼는 것입니다. 분노의 생각을 담담하게 지켜보는 것입니다. 분노를 객관적으로 보는 것입니다. 이 방법은 너무나 직접적이고 쉽고 평범해서 사람들이 잘 못 합니다. 그래서 연습을 해야 합니다. 이런 식으로 분노를 접하는 경험이 없기 때문에 처음에는 어색한 것입니다. 연습을 통해 경험을 쌓아야 합니다.

이와 같이 분노와 친해지려면 화가 나는 순간 잘 알아차려야 합니다. 처음에는 화를 내고 알아차리게 됩니다. 괜찮습니다. 실수로 다음에 더 잘 알아차리게 됩니다. 점차적으로 알아차림이 더 일찍 옵니다. 그래서 분노가 일어날 위험이 있을 때 분노를 기다리듯이 잘 알아차려야 합니다. 저는 화를 내서 화를 잘 알아차리는 것을 배웠습니다. 다음번에는 마음의 준비가 더 잘 되어 있었기 때문입니다. 분노는 불꽃에 비유합니다. 처음에는 *끄기*가 쉽지만 그냥 두면 큰 문제가 될 수 있습니다. 화가 일어나는 순간에 분노를 잡을 수 있다면 전혀 문제가 되지 않습니다. 불도 분노도 커지기 전에 잡는 것이 매우 중요합니다.

개인적으로 이 방법으로 분노와 많이 친해졌습니다. 수많은 과학 연구가 확증하는 방법입니다. 이 방법은 어렵지는 않지만 익숙해져야 합니다. 분노는 향연기와 같이 실체가 없고 이내 사라지는 환영입니다. 분노를 따라가거나 분노와 싸우면 꽤 오래갈 수 있지만 분노를 그저 바라보면 향 연기처럼 바로 흩어집니다. 이방법은 특별하지 않고 평범합니다. 특별한 체험을 기대하지 마세요. 분노가 지나갔으면 이 방법을 잘 활용한 것입니다. 처음에는 이 방법을 활용해도 분노의 흔적이 많이 남습니다. 연습을 할수록 분노가 남기는 부작용이 약해집니다. 저는 여전히 화는 나지만 화를 내는 경우는 많지 않습니다. 분노에 속지 않고 분노의 에너지 속에 몸도 마음도 쉬세요. RELAX.

알아차려서 버려야 할 열 가지 습관

하나 자신의 허물을 숨기는 습관. 에고의 허물을 숨기면 계속 허물로 남아있고 허물을 밝히면 벗어나게 됩니다. 허물을 인정하면 허물이 정화됩니다.

둘 남을 안 좋게 이야기 하는 습관. 우리가 누구라고 참 오만하게 남을 욕하는 것을 잘합니다. 많은 사람에게 해를 주는 험담하는 습관은 솔직한 것이 아니라 못된 것입니다. 누구든지 나쁜 면이 있고 좋은 면이 있습니다. 남의 나쁜 면은 남의 일입니다. 남의 허물은 생각도 말도 보지도 마세요. 행복하려면 남을 좋게 보고 좋게 이야기하는 습관을 기르세요.

셋 자랑하는 습관. 자랑은 공덕을 사라지게 하고 집착을 키우고 남을 피곤하게 합니다. 자신의 공덕을 숨기세요. 말을 하면 날아갑니다.

넷 못된 마음을 그냥 두는 습관. 미움, 질투, 오만, 집착 등 못된 마음을 알아차리는 것조차도 못하고 그냥 둡니다. 이것을 엉뚱한 인내심이라고 합니다. 번뇌 앞에 게을리 하는 것은 독을 먹고 아무것도 안 하는 것과 마찬가지입니다. 나를 죽일 사람과 잠자리를 가지는 것입니다. 못된 마음을 바로 버리고 바꿔야 합니다. 목숨이 걸려있어도 조금이라도 짧게라도 허용하지 않겠다는 확고한 마음이 있어야 합니다.

다섯 최고가 되려고 하는 습관. 이것이 엉뚱한 바람입니다. '내가 최고다', '내가 제일 잘 한다'라고 생각하면 안 됩니다. '나도 남들도 잘할 수 있다'라고 생각해야 합니다. 행복은 같이 이루는 것입니다.

여섯 남의 잘못을 용납하지 못하는 습관. 쉽게 인연을 끊고 남을 버립니다. 모든 인연은 소중합니다. 끝까지 살리려 하고 아집을 내려놓고 남을 용서해야 합니다. 가는 인연을 잡으라는 말은 아니고 마음으로 원한을 간직하지 말라는 말입니다. 인연법으로 행복하고 해탈까지 하게 됩니다. 무엇보다 신중히 소중히 보살펴야 합니다.

일곱 자신을 비하하는 습관. 자신의 허물을 생각으로 곱씹고 과장을 해서 스스로 못 살게 하는 습관입니다. 능력이 없는 못된 사람으로 만듭니다. 자신을 너무 심하게 판단합니다. 잘못을 인정하되 스스로를 때릴 필요는 없습니다. 너무 개인화하거나 개념화하지 마세요. 잘못과 허물을 불친절하게 곱씹지 말고 친절하게 건설적으로 생각해 보세요. 미래를 향해서 발원을 하세요.

여덟 남을 의지하고 남에게 인정받고 싶은 습관. 행복은 남을 의지해서 찾으면 결국은 실망하게 됩니다. 스스로 행복해야 합니다. 남의 인정으로 자신의 가치를 찾습니다. 다른 사람들은 잘 모릅니다. 오직 자신만 알고 스스로 잘 살펴야 합니다. 내면의 지혜를 믿으세요. 자신의 스승이 되고 벗이 되고 가장 좋은 동반자가 되어야 합니다. 자신과 조화를 이루고 일어서서 스스로 행복하세요.

아홉 어려움을 외면하거나 붙잡는 습관. 어려움을 경험할 때 수행을 잊어먹고 습관적으로 움직입니다. 어려움은 훌륭한 스승이며 마음의 변화를 보게 하는 이상적인 기회입니다. 어려움이 있을 때 잘 알아차려야 합니다. 어려움은 무엇을 바꾸라는 신호이며 삶의 은혜입니다.

열 먼 미래에 행복을 기대하고 기다리는 습관. 언젠가는 행복하고 언젠가는 해탈할 것이라는 습관은 지금 이 순간에 행복과 평화를 막고 있습니다. 해탈은 미신입니다. 행복은 무엇을 해서 무엇을 이루어서 무엇을 바꿔서 갖게 되는 것이 아닙니다. 도를 이루면 행복한 것이 아니라 행복 자체가 도입니다. 만족이 길입니다. 감사가 길입니다. 깨달음 자체가 길입니다. 지금 행복하세요. Don't worry. Be happy.

습관을 알아차리면 습관에서 벗어나게 됩니다. 습관을 알아차리는 정지正知를 길러보세요.

자신을 비하하는 습관의 특징과 대처법

자신을 비하하는 이유는 행복해지고 싶은데 고통을 만드는 행동을 하기 때문입니다. 원래 동기는 행복을 바라는, 자신을 사랑하는 마음입니다. 이 순수한 동기를 알아보면 자기비하가 가라앉습니다.

자신이 잘하는 것과 좋은 점도 많은데 꼭 못하는 것과 허물을 따집니다. 우리 본성이 순수하고 완벽하기 때문에 순수하지 못한 모든 것을 거부합니다. 우리 본성은 원래 행복하고 자비롭고 지혜로운 부처님입니다. 부처님을 비하할 수 없듯이 본성을 알면 자기 비하하기 어렵습니다.

허물은 일시적인 현상이며 자신의 일부가 아닙니다. 닦을 수 있는 습관입니다. 허물의 무상함을 알아보지 못해서 개인화하는 것입니다. 허물이 일어나는 수많은 원인과 조건들이 있습니다. 몸과 마음의 상태가 좋지 않을 때는 마음이 매우 좁고 부정적입니다. 일시적인 현상으로 자신을 판단할 필요가 없습니다.

자기 비하하는 습관이 올라올 때 제일 좋은 방법은

내버려 두는 것입니다. 마음에 신경을 쓸수록 스스로 괴롭고 우울해집니다. 습관이 저절로 일어나고 저절로 사라지게 두면 됩니다.

자신이 잘하는 것과 좋은 점을 생각하세요. 여기에 초점을 맞추세요. 스스로 기뻐하세요. 잘못을 인정하고 발원하세요. 허물에서 벗어나기를 발원하면 언젠가는 벗어나게 됩니다.

마음을 내려놓고, 내려놓고

사람들과 같이 있으면 마음이 일어납니다. 집과 직장과 사람이 모이는 어떤 곳이라도 마음의 전쟁터라고 할 수 있습니다. 아집을 내려놓을 수 있는 마음을 닦을 수 있는 훌륭한 기회가 주어집니다. 삶을 수행으로 삼을 수 있는 네 가지 방편을 소개합니다.

- 힘을 뺍니다. 일어나는 마음에 일체 생각을 더 붙이지 않습니다. 생각이 이어가지 않도록 망상에 사슬을 키우지 않는다는 말입니다. 나무토막처럼 가만히 있는 것입니다.
- 상대방을 보지 않고 마음을 봅니다. 밖으로 향하는 마음을 안으로 돌립니다. 마음을 보면 마음이 가라앉습니다. 마음속에 릴렉스!
- 상황을 좋게 봅니다. 싫은 사람을 만나는 곳이나 마음이 일어날 자리를 수행의 기회로 봅니다. '잘 됐다! 마음을 내려놓을 수 있는 기회다!' 보통 안 좋게 보는 상황을 좋게 볼 수 있다면 힘든 것이 사라집니

다. 마음이 일어나는 것이 렛고(내려놓음)를 실천할
수 있는 소중한 공부거리입니다.

• 준비된 마음으로 상황을 접하세요. 마음이 일어날
줄 알고 감정을 기다리세요. 전쟁터인 줄 알고 정신
을 차려서 마음을 내려놓을 준비를 하세요. 알아차
림의 무기를 들고 신중한 불방일로 움직이세요.

이번 추석 집중수행이 저에게 큰 공부가 되었습니다.
좌선을 많이 해서가 아니라 마음을 내려놓을 수 있었
어요.

우리는 무지한, 아집이 강한 중생입니다. 일어나는
마음을 붙잡으면 상황을 제대로 볼 수 없습니다. 여기
서부터 갈등과 고통이 시작됩니다. 일어나는 마음에 상
호작용 하지 않고 말하지 않고 행하지 않고 마음을 내
려놓을 수 있다면 좌선보다 108배보다 마음이 더 많이
효율적으로 닦아집니다. 마음을 내려놓고 내려놓고 또
내려놓을 수 있다면 상대방의 입장까지 이해를 하게

되고 자비심을 가질 수 있습니다. 여기서 진정한 치유가 일어납니다. 하지만 무엇보다 어려운 수행이기도 합니다. 자기 입장만 고집하고 남 탓하는 습관이 무엇보다 강력하기 때문입니다. 이래서 불행한 것입니다.

사람들과 함께 있으면 정말 조심스럽게 마음을 가져야 합니다. 오늘 아집을 얼마나 내려놓을 수 있는지 남에 대한 자비심을 얼마나 가질 수 있는지 잘 지켜보세요. 아집을 내려놓고 남에 대한 배려와 이해와 사랑을 가지는 것이 평생 할 숙제이며 화두입니다.

마법주문

삶을 수월하게 하는 네 가지 마법주문을 소개합니다.

몰라, 몰라도 돼

습관적인 마음(생각하는 마음)은 정말 잘 모릅니다. 이 마음이 좋고 나쁘고 하는 분별심과 엉켜서 모든 문제를 만듭니다. 개념화할수록 망상을 키웁니다. 몰라도 되는 마음은 평화롭고 지혜롭고 자비로운 마음입니다. 습관적인 마음이 저절로 움직이기 시작할 때 즉시 해결해 주는 이 마법의 만트라를 활용해 보세요.

별일 없어요

별일 있다고 생각하면 있는 것이고 별일 없다고 생각하면 별일 없어요. 별일 없듯이 할 일을 다 하고 친절하고 남을 돕고 최선을 다해서 사는 것입니다. 꿈같은 윤회에서는 정말 별일 없어요.

감사합니다

누가 우리를 도와줄 때, 누가 우리를 해칠 때, 좋은 일
이 있을 때, 좋지 않은 일이 있을 때, 이 치유의 만트라
를 외워보세요. 감사합니다. 고맙습니다. 만사에, 만인
에 감사합니다.

TRUST

믿고 가자. 삶에게 Yes. 욕심 따라 아니라 인연 따라. 우
리 마음대로 아니라 주어진 대로, 업을 존중하며 삶의
오르락내리락하는 흐름과 함께 잘 가세요.

언제든지 얼마든지 마법주문을 활용해 보세요. 하지만
판권 때문에 사용할 때마다 세첸코리아에 10원 송금하
셔야 합니다. 농담입니다.

엄마의 보살행

엄마의 욕심은 본인도 자식도 못살게 합니다.
엄마의 보살행을 소개합니다.

자유를 주는 것이 보시
잔소리하지 않는 것이 지계
기대를 내려놓는 것이 인욕
독립성을 존중하는 것이 존경
있는 그대로 받아주는 것이 기쁨
행복을 바르게 정의하는 것이 사랑
내버려 두는 것이 자비
모범을 보여주는 것이 교육
믿어주는 것이 응원
간섭하지 않는 것이 지혜

마음을 안으로 돌려서

누구나 어려움을 겪습니다. 고통스러워하는 마음을 쉴 줄 알면 어려움을 잘 넘길 수 있습니다. 늘 밖으로 향한 마음을 안으로 돌려서 릴렉스합니다. 고통을 생생하게 느끼는 것입니다. 그리고 일어나는 일체 생각에 중요성을 두지 않고 내버려둡니다. 이 방법은 매우 간단하지만 굉장히 효율적입니다. 이렇게 고통을 잘 넘길 줄 모르면 역경이 꽤 오래 갈 수 있습니다.

다시 말씀드리면

첫 번째: 안으로 들여다보고 릴렉스

두 번째: 생각을 내버려 둔다.

세 번째: 반복

이 방법을 잘 이해하고 실천하면 어떤 어려움도 가장 짧게, 가장 효율적으로 넘길 수 있습니다.

그런데 기대를 가지고 하면 안 됩니다. 그리고 이 방법은 지극히 평범하기에 익숙해질 때까지 할 수 있다는 자신감을 갖고 연습이 필요하다는 것을 기억하세요.

잘 죽으려면 잘 살아야 합니다

오늘 죽는다면 후회 없이 죽을 수 있을까요? 가장 높은 수행자는 죽음을 기쁨으로 반가워하며 두 번째로 높은 수행자는 두려움이 없을 것이고 세 번째로 높은 수행자는 후회 없이 죽을 것이라고 합니다.

대부분 사람들은 죽을 때가 되면 후회가 많고 가슴을 두드리면서 한탄할 것입니다. 우리는 어떨까요? 오늘 죽든 50년 뒤에 죽든 죽는 것은 확실합니다. 잘 죽기 위해서 사는 것입니다. 죽음이 인생의 가장 중요한 이벤트이며 결정적인 순간입니다.

잘 죽으려면 잘 살아야 합니다. 후회 없이 살고 후회 없이 죽을 수 있다면 이생도 미래생도 행복할 것입니다. 이생의 행동이 다음생의 건강과 수명과 재산과 수행과 행복을 결정합니다. 지금 어떻게 사는지를 생각하면 다음생을 알 수 있습니다. 다음생의 받을 대부분의 좋은 결과와 안 좋은 결과는 이생에 달려 있다고 합니다.

오늘 죽는다면 어떤 마음일까요? 죽을 운명을 안다면 어떻게 살 것인가요?

습관적인 생각의 특징

평생 수없는 생각을 했지만 우리에게 도움이 되지 않았어요. 습관적인 생각의 특징을 소개합니다.

이분법적인 마음이 일어나서 좋고 나쁘고 분별합니다. 전혀 중요하지 않습니다. 생각에 중요성을 두면 여기서부터 고통이 시작됩니다. 습관적인 생각들과 엉켜서 불필요한 문제를 만듭니다. 내버려 두면, 상호작용하지 않으면 조용히 배경으로 사라집니다.

우리가 우리의 생각이 아닙니다. 수없는 다양한 생각들이 저절로 일어납니다. 저절로 일어나고 저절로 사라지게 두는 것이 최선입니다.

습관적인 마음이 탐진치의 시작과 끝입니다. 생각을 쉬는 연습을 할수록 번뇌가 줄어듭니다.

습관적인 생각의 중심은 '나'이며 대체로 부정적입니다. 에고를 보호하고 아집을 고집하는 생각들이 많습니다.

마음은 자동모드에 있습니다. 우리의 의도 없이 그냥

움직이며 고통으로 향하고 있습니다. 수행을 할수록 방향이 점차 행복으로 바뀌집니다. 생각의 질이 좋아지며 덜 부정적이고 더 자비롭게 일어납니다.

알아차림을 기를수록 생각이 느려지며 생각과 생각 사이에 틈이 벌어집니다. 억수로 강한 생각들이 얌전해집니다.

생각을 보면 실체가 없는 이내 사라지는 환영입니다. 생각을 안 보면 무섭고 힘이 있고 우리를 괴롭힙니다. 생각을 보면 생각이 놓아집니다.

생각이 직접적으로 보이면 생각과 분리되어 있다는 말입니다. 생각에 빠져 있으면 생각이 안 보이기 때문입니다.

생각을 풀어주는, 생각을 해탈하는 기법이 명상의 핵심적인 기법이며 가장 중요하고 익숙해져야 할 명상법입니다. 생각을 내려놓는 연습을 해야 합니다.

동시에 긍정적인 생각들, 자비로운 생각들을 길러야 합니다. 결국은 모든 생각들의 같은 본질을 알게 되지만 처음에는 선한 생각과 못된 생각들을 구별해서 첫째는 채용하고 둘째는 거부해야 합니다.

생각을 안 일어나게 할 수 없습니다. 생각은 마음의 자연스러운 기능입니다. 생각이 중요하고 필요합니다. 하지만 생각밖에 몰라서, 생각을 놀 줄 몰라서 제한이 많은, 좁고 고통스러운 생각의 세계에 살고 있습니다. 생각을 쉬는 연습을 할수록 무한하게 평화롭고 자비롭고 지혜로운 마음의 본성을 알게 됩니다.

셋

오늘이
한 인생입니다

나그네의 마음

여행할 마음 있을 때 떠나보셔요. 주말만이라도 안 가
본 데 어디 가보셔요. 환경이 바뀌면 마음도 바뀝니다.
틀에서 벗어나면 마음도 풀립니다. 여행이 주는 행복과
해탈은 아름다운 환경뿐만 아니라 다르게 생각하게 하
고 마음의 자유를 줍니다. 사는 곳에서 벗어나면 개념
의 구속에서도 벗어납니다. 부처님도 한 곳에 너무 오
래 있지 말라고 하셨어요. 마음이 열리고 눈치 볼 필요
없이 만나는 사람마다 새로운 친구입니다.

여행자의 마음은 눈치 볼 필요 없이 자유롭습니다.
세상을 좋게 그립니다. 모든 것을 좋게 봅니다. 만나는
사람에게 친절하고 열려있습니다. 얻을 것도, 잃을 것
도 많지 않습니다. 집착도 많지 않고 자유롭고 편안하
고 열려있습니다. 우리 모두는 나그네입니다. 잠시 있
다가 갑니다. 다 같은 곳으로 가고 그곳에는 가져갈 수
있는 게 하나도 없어요. 인생의 짧고 꿈같은 여정에 가
볍게 다니세요. 한 곳에 너무 오래 있지 말고 여기 저
기 세상 곳곳을 둘러보세요. 방랑자처럼 편안하게 자유

롭게 살아보세요. 집착을 놓고 욕심을 버리고 일시적
인 아름다움을 감상하고 사세요. 덧없이 지나가는 환영
의 여행에 집착할 게 뭐가 있어요. 어차피 두고 갈 것을
미리 내려놓으세요. 공성으로 돌아갈 영원한 이 순간에
사랑을 품고 감사하세요. 얼마 남지 않는 여정에 행복
한 나그네로 여행하세요.

고요함 속에 답이 있습니다

우리는 상대방의 동기를 잘 오해합니다. 남의 행동을 쉽게 판단해서 갈등이 생깁니다. 자신의 습관으로 판단을 내리며 상대방의 입장을 이해하려고 하지 않습니다. 잠깐 멈추고 고요함 속에서 잠시 머물 수 있다면 상대방의 동기가 보일 수 있습니다. 고요함 속에 지혜가 있습니다. 우리는 원래 지혜로운 존재입니다. 의견을 고집해서 마음의 습관으로 내면의 지혜를 잘 활용하지 못합니다.

잠시 멈춰서 의견을 내려놓고 기다려보면 상대방의 마음을 알게 됩니다. 의견을 내려놓으면 상황이 전체적으로 보이기 시작합니다. 다른 사람의 행동이 답답하지 않고 이해가 됩니다. 여기서 사랑을 찾을 수 있습니다.

특히 부모님들이 자식의 입장을 이해 못해서 답답하고 갈등이 생기고 자신과 자식을 힘들게 합니다. 아이를 이해하려고 하면 이해를 못합니다. 이해하려고 하는 마음을 내려놓으면 이해할 수 있습니다. 판단과 집착을 내려놓으면 사랑을 찾을 수 있습니다.

고요함 속에 답이 있습니다. 고요함 속에 나와 남의
경계가 사라집니다.

마음의 본성

고비를 잘 넘길 수 있는 가장 좋은 방법은 마음을 내버려 두는 것입니다. 습관적인 마음에 신경쓸수록, 일시적인 마음에 빠질수록 상황을 악화합니다. 수행을 아무리 많이 했다고 하더라도 이 원리를 모르면 역경에 매달려 한참을 어려워합니다.

생각하는 마음을 내버려 둔다는 것은 저절로 일어나고 저절로 가라앉게 허용하는 것입니다. 내버려 두는 것과 외면하는 것은 비슷하게 생겼지만 완전히 다릅니다. 마음을 외면하면 안 좋은 감정이 쌓이고 고통이 우리를 따라다닙니다.

생각하는 마음을 쉴 줄 알아야 합니다. 생각을 직접적으로 바라보면 사라집니다. 모든 감정은 직면하면 흩어집니다. 티베트불교에서는 자탈自脫, 바로 스스로 해탈한다고 합니다. 다른 것 할 필요 없이 감정이 저절로 풀리고 스스로 해결합니다.

슬퍼하다가 어느 순간 슬픔이 풀려서 마음이 다시 편해집니다. 제주도에서는 바람이 억수로 강하게 불다가 어느 순간 바람이 없습니다. 폭우가 심하게 내리다가 해가 나오고 다시 평화로워집니다.

우리 마음에도 분노의 소나기가 왔다 가고 절망의 파도가 올라갔다 가라앉고 두려움의 바람이 스쳐가고 우울의 먹구름이 잠시 있다가 지나가고 미혹의 안개가 이내 사라져서 자연스러운 평화, 마음의 본성이 드러납니다. 이것이 자연스러운 해탈입니다. 저절로 고치는 자탈입니다. 특별히 할 것이 없습니다. 자탈만 기다리면 됩니다. 번뇌가 번뇌를 대치합니다. 스스로 대치한다는 말입니다. 자연스럽게 해결된다는 말이죠. 아침에 해를 뜨게 할 필요 없이 기다리면 해가 뜨듯이 기다리면 평화와 해탈이 저절로 찾아옵니다. 사실은 평화와 해탈은 늘 우리를 찾아오려고 하며 우리의 본성입니다. 이것이 자연해탈, 자연열반, 티베트불교의 마하무드라 가르침입니다.

자탈의 원리를 잘 알고 연습을 하면 어떤 어려움도 별 탈 없이 잘 넘길 수 있습니다. 고苦를 직면하면 고통이 지나가는 무상無常을 알게 됩니다. 무상을 아는 것은 고통이 자체적으로 존재함이 없다는 무아無我를 아는 것입니다. 무아를 알면 고통이 나타나지만 실체가 없는 공성空性을 알게 됩니다. 공성을 아는 것은 파괴할 수 없는 마음의 본성 바로 불성佛性을 아는 것입니다.

허물을 덮는 보살행

사실이라는 핑계로 남의 마음을 아프게 합니다. 사실이라는 변명으로 남에게 욕을 잘합니다. 주관적인 좁은 견해를 사실이라고 주장합니다. 사실은 없습니다. 의견일 뿐입니다. 말을 할 때 도움이 되나 안 되나, 이것이 중요한 것입니다. 남의 마음을 아프게 할 말은 농담으로도 하지 말아야 합니다. 다른 사람에 대해서 좋은 말이 없으면 말을 하지 말아야 합니다. 허물에 대한 보살행의 네 가지 규칙이 있습니다.

남의 허물을 덮어주고
남의 좋은 점을 말하고
자신의 허물을 밝히고
자신의 좋은 점은 숨깁니다.

에고를 닦고 싶으면 사람들과 좋은 인연을 갖고 싶으면 진정한 행복을 원한다면 이렇게 해야 합니다. 우리가 해 온 대로 정확히 반대로 하면 됩니다.

참된 사랑

전생의 업으로 이생에 나타나는 병은 피하기가 어렵습
니다. 하지만 이생에 큰 상처를 입거나 누구를 원망해
서 생기는 병은 자비수행으로 치유할 수 있습니다. 몸
의 병도 마음에서 생깁니다. 한을 풀지 않는 한 몸 안
에 독으로 남습니다. 용서할 수 없어서 몸도 마음도 아
픕니다. 오래된 원한은 쉽게 풀리지 않아서 자비수행을
해야 합니다. 원한을 키우는 말과 행동을 자제하고 미
움의 생각을 내려놓는 연습을 해야 합니다. 자비수행을
하다 보면 한이 조금씩 풀립니다. 용서를 하고 사랑을
가질 수 있다면 몸도 마음도 치유가 됩니다. 상대방의
안 좋은 행동을 용납하는 것이 아닙니다. 죄가 있음에
도 불구하고 사랑하는 것입니다. 우리 모두는 죄인이지
만 사랑을 받을만한 가치가 있습니다. 사랑은 조건 없
이 할 수 있습니다. 이것이 참된 사랑입니다.

강아지를 밖에서 찾지 마세요

번뇌란 핵심적으로 마음을 산란하게 하는 것을 의미합니다. 집착은 갈망으로 마음을 쓰게 하고 미움은 싫증으로 마음을 쓰게 합니다. 좋아하는 대상에 마음을 팔아서 집착이 생기고 싫어하는 대상에 마음을 팔아서 분노 증오가 생깁니다. 감정에 마음을 팔수록 습관(업)을 만듭니다.

좋고 나쁘고 하는 마음으로 생각을 굴리는 것이 가장 오래된 기본적인 습관입니다. 산란함은 무지의 표현이며 윤회의 의미입니다. 산란함의 반대는 깨어있음입니다. 상호 배타적입니다. 중생의 마음은 산란하고 부처의 마음은 깨어 있습니다.

밖을 보고 습관적으로 생각하는 것이 윤회이며 안을 보고 깨어있는 본성을 알아차리는 것이 열반이라는 티베트 속담이 있습니다.

순수한 우리 본마음이 참된 부처님입니다. 평생 찾고 있는 깨달음과 행복은 우리 안에 있습니다. 생각을 굴리기 시작하면 부처님과 깨달음과 지혜와 자비로부터 멀어집니다. 깨어있음이 우리의 본성이며 부처님입니다. 여기에 익숙해지고 여기로 향하고 여기에 마음을 팔아야 합니다.

집에 둔 강아지를 밖에서 찾지 마세요. 열쇠는 주머니 안에 있습니다. 여기저기 헤매면서 찾지 마세요. 안에 보면 찾을 겁니다.

남을 바꿀 수 있는 방법

하나 바꾸려고 하지 않는다. 야단이나 잔소리는 도움이 되지 않습니다. 상대방을 조절하려고 하는 마음을 내려 놓습니다. 상대방의 잘못은 따지지 않고 너그럽게 봐줍니다.

둘 관심을 가진다. 따뜻한 마음으로 들어줍니다. 조언을 주는 것이 아니라 관심을 가집니다. 필요할 때 옆에 있어 줍니다. 마음으로 응원합니다.

셋 믿어 준다. 좋은 사람이라고, 잘 될 것이라고 믿어줍니다. 우리 모두는 본래 지혜롭고 자비롭고 가능성이 무한한 존재입니다. 내면의 부처님이 나오게끔 격려합니다. 믿어주는 힘이 엄청납니다. 상대방에게 훌륭하고 이로운 부담이 됩니다.

넷 내가 변한다. 내가 변하면 주변 사람들도 자연스럽게 변합니다. 우리와 인연이 있는 모든 사람들이 행복해집니다.

부모들이 아이들을 지혜롭게 키우지 못합니다.

부모한테 받은 고통을 그대로 아이들에게 전수합니다.
위의 방법으로 아이들을 키울 수 있다면 확실하게
변화가 있을 겁니다.

언제나 좋아요
젊으면 좋아요.
젊을 때 마음공부를 배워서
청춘의 힘으로 수행정진 하리라.
늙으면 좋아요.
지식도 경험도 많고
젊었을 때 없었던
노하우와 삶의 지혜로
더 순조롭게 평화롭게 살리라.
돈이 많으면 좋아요.
가난한 사람을 돕고
보시를 하고 공덕을 쌓으리라.
돈이 없으면 좋아요.

돈이 없으면 장애도 원수도 없어서

소박한 삶으로

마음의 평화를 누리리라.

명성이 있으면 좋아요.

명성의 힘으로

좋은 일을 많이 하고

남을 크게 도우리라.

명성이 없으면 좋아요.

대중의 간섭 없이

익명의 자유와 평화를 누리리라.

불행은 상황 때문에 있는 것보다는

상황에 저항해서 있는 것입니다.

행복은 상황 때문에 있는 것보다는

상황을 감사하게, 만족하게 누려서 있는 것입니다.

상황이 좋아도 안 좋아도

어젯밤의 꿈처럼

지나가는 환영인 줄 알고

늘 있는 마음의 평화를 누리리라.

뚱뚱하면 좋아요.

뚱뚱한 스님은 복도 웃음도 많고

마음껏 피자를 누리리라.

같이 있을 때나 혼자 있을 때나

혼자 있으면 산란하지 않도록 잘 알아차리고 누구랑 같이 있으면 자비심을 놓치지 않도록 알아차리는 것입니다. 혼자 있을 때는 명상과 지혜에 마음을 두고 알아차림의 힘을 기르는 것입니다.

사람들과 함께 있을 때는 보시를 하고 옳지 않은 말과 행동을 자제하고 아집을 내려놓고 자비수행을 하는 것입니다. 따뜻한 마음을 나누고 서로 간에 연결성을 느끼고 자비심을 실천하고 기르는 것입니다. 같이 있을 때나 혼자 있을 때나 신중한 마음으로 잘 깨어있어야 합니다.

삶의 매순간은 헤아릴 수 없이 소중합니다. 수행의 황금 기회를 놓치지 마십시오. 혼자 있으면 신중히 알아차리고 함께 있으면 자비심을 놓치지 마십시오.

수행이란
수행은
부드러워지는 것입니다.

196

날카로운 면도

딱딱한 면도

목소리도 행동도 성격도

부드러워집니다.

수행의 체험이 있거나 없거나

수행의 체험과 징후를 소개합니다.

감정의 기복이 심합니다. 하루는 환희심이 나고 알아차림이 밝고 다음 날에는 우울하고 마음이 어둡습니다. 초심자의 현상입니다.

기가 움직입니다. 특히 좌선할 때 몸 안에 둥글게 왔다갔다 기의 파장이 움직입니다. 기가 정화되는 과정이라고 할 수 있습니다.

다른 사람들의 마음이나 기운이 느껴집니다. 이것은 자신의 마음이 만든 허상일 뿐입니다.

통찰이 옵니다. 논리적으로 생각할 수 있고 모든 것이 말이 됩니다. 마음의 본성인 명료함을 체험하는 것입니다.

이유 없이 기쁩니다. 어린 소녀의 순수한 마음처럼 그냥 행복합니다. 마음의 본성인 지복을 경험하는 것입니다.

빛이 보이거나 소리가 들립니다. 이것은 마음이 만든 환상이며 마음의 가능성을 자극한 것입니다. 밖에 있는 것이 아닙니다.

생각이 없고 평화롭습니다. 마음의 본성인 무념(고요함)을 경험하는 것입니다. 깨어있으면서 고요합니다.

기운이 가볍고 맑습니다. 미묘체(차크라와 기맥이 있는 에너지 몸)가 정화되는 징후입니다.

세상과 잘 안 맞는 것 같고 자신이 이상한 것 같습니다. 세속 사람들과 만나기 싫고 세속적인 이야기도 싫습니다. 이것이 출리심이며 해탈의 길에 입문하는 것입니다. 출리심으로 알아보지 못하면 우울해질 수 있습니다.

수행의 체험은 중요하지 않습니다. 의미를 부여하고 중요시 여기면 장애가 생깁니다. 좋은 체험을 하면 기대가 생겨서 같은 체험을 반복하려고 합니다. 수행체험은 다른 사람들에게 말하지 않고 잊어버리는 것이 좋습니다. 수행을 에고의 자랑거리로 만들지 마세요.

중요한 것은 수행을 통해 마음의 변화를 보는 것입니다. 진정한 행복과 평화를 갖는 것입니다. 체험에 집착하면 상이 생겨서 앞으로 나가지 못합니다. 한 체험 했다고 평생 집착하면 수행의 과실을 얻지 못합니다. 수행의 체험이 있거나 없거나 기대 없이, 좌절 없이 시도하는 것이 정진입니다.

아랫사람 대하는 법

자신이 할 수 있는 일을 남에게 시키지 말자. 모범으로 보여 주자. 한 번 하는 것이 백번 하라고 하는 것보다 낫다.

낮은 자리를 가져라. 대우나 존경이나 보시를 받고 싶은 기대가 있으면 진정한 존경을 받지 못할 것이다. 기대 없이 겸손하고 남을 생각하면 대우와 존경과 보시를 받을 것이다.

야단치지 말자. 작은 일로 상처를 주지 말자. 생각은 일어나도 말하지 말고 넘어 가자. 사소한 일은 사소하기 때문에 말할 필요가 없다. 조언을 줄 때는 친절하게 부드럽게 하자.

무관심과 간섭 사이에 중도를 지키자. 어떤 사람에게는 내버려 두는 것이 자비심이고 어떤 사람에게는 말해주는 것이 자비심이다. 지혜롭게 친절하게 대하자.

함께 가자. 단체에 속하면 내 이익보다 단체를 생각한다. 남의 몸을 내 몸처럼 살피고 보살핀다. 남의 고통을 내 고통으로 삼고 나의 공덕을 남과 나누자. 한 몸으로 함께 성장하고 행복하자.

단체의 가장 소중한 요소는 구성원이다. 한 사람 한 사람의 마음과 성장과 목소리가 중요하다. 단체의 성장도 중요하지만 구성원의 성장이 더 중요하다. 한 사람도 하찮게 하지 않고 신중히 보살펴야 한다.

리더는 어른이다. 어른은 남에게 무엇을 받고 바라는 것이 아니라 남에게 베풀고 보살피는 것이다. 어른은 남을 자신보다 먼저 생각한다. 절대 남에게 상처를 주지 않고 남을 키워준다.

작은 단체를 이끌면서 수많은 실수를 하고 남에게 상처를 주고 철없이 이기적으로 움직였어요. 제 실수로 배우시라고 이런 말을 감히 올립니다.

두려움의 실체

안 좋은 일이 생길 것 같이 마음이 불안합니까? 운이
다한 것처럼 두렵습니까?

불안과 두려움은 미신을 바탕한 습관입니다. 없는 실
상을 만들어서 구체화합니다. 상황이나 다른 사람을 탓
하고 미신을 키웁니다.

불쾌한 경험을 할 때 두려움이 일어납니다. 비합리적
인 생각으로 두려움과 동일시합니다. 두려움을 붙잡는
것이죠. 자꾸 이렇게 하면 습관이 되어서 마음이 늘 불
안합니다.

두려움의 본질을 살피지 못합니다.

두려움을 직면하면 (알아차림으로 바라보면) 두려움
과 거리가 생기고 두려움의 힘이 약해집니다. 알아차림
이 있으면 두려움의 실체가 없는 본질, 지나가는 본질,
환영 같은 본질을 경험할 수 있습니다. 두려움이 그다
지 두렵지 않습니다.

두려움을 이렇게 객관적으로 바라보는 습관을 기르
면 두려움의 습관이 점차 약해집니다. 알아차림으로 불

안과 두려움에서 벗어날 수 있습니다. 두려움을 직면하는 것을 배우면 두려움으로부터 벗어나게 됩니다.

받아들임

기대를 이루지 못할 때 슬픔과 분노와 답답함이 일어납니다. 받아들이지 못하는 것이죠. 삶의 목적은 갖고 싶은 것을 갖는 것보다는 일어나는 일을 받아들이는 것이라고 할 수 있습니다. 자신을 있는 그대로, 남을 있는 그대로, 삶을 있는 그대로 받아들이는 것이 변화를 일으킵니다. 자신을 있는 그대로 받아들이면 몸과 마음과 갈등이 없어서 행복하고 만족합니다.

바라는 것이 없으면 무엇을 더 바라겠습니까? 받아들이는 것이 목표를 이루는 것과 같습니다. 완벽하지 못하는 것을 받아들이는 것이 완벽해진 것과 같습니다.

다른 사람을 있는 그대로 받아들이는 것이 사랑의 표현이며 변화시키는 힘입니다. 받아들임 속에 완벽한 배우자와 믿을 수 있는 친구가 있습니다. 사람들이 다 괜찮습니다. 자신도 남들도 행복하게 합니다.

상황을 있는 그대로 받아들이는 것이 세상을 괜찮게 하는 마술입니다. 사실은 다 괜찮습니다. 실상을 알게 해줍니다.

205

받아들이는 것과 무기력은 완전히 다릅니다. 받아들임 속에 스스로 나아지고 남을 돕고 세상을 더 밝게 할 수 있습니다. 받아들이는 것이 자신과 삶을 가장 자연스럽게, 가장 효율적으로 나아지게 허용하는 것입니다.

연기만트라

우리 본성은 앎Awareness입니다. 앎과 익숙해지기 위해
서는 좌선하는 것이 매우 중요합니다. 연기만트라는 부
처님의 가르침의 요약입니다. 수행을 정화하고 바르게
하며 사견에서 벗어나 바른 견해(무상, 연기, 공성)를
갖게 합니다. 특히 수행이나 발원이나 기도를 하고 나
서 하면 도장을 찍는 것과 같아서 발원이 이루어집니
다. 상황을 길상하게 하고 좋은 인연을 만듭니다. 정말
중요하고 이로운 만트라입니다. 이 만트라를 듣는 순간
사리자가 수다원이 됐다고 합니다. 연기란 원인과 조
건을 의지해서 있는 것이며 독립적으로 존재하는 것이
없다는 말입니다. 연기를 아는 것이 공성을 아는 것이
고 연기가 곧 중도라고 용수보살께서 말씀하셨어요.

연기緣起 만트라
옴 예달마 헤뚜 쁘라바와 헤뚠 떼샴 따타가또 햐바닷
떼샴 쨔요 니로다 에밤 바디 마하슈라마나 스바하

좌선하는 법

좌선의 자세는 척추를 곧추세우고 몸의 긴장을 푸는 것입니다. 자세는 편안하면서 안정감이 있어야 합니다. 부처님처럼 위엄을 가지고 편안하게 앉으세요. 바른 자세만 가져도 충분히 좋은 명상이 됩니다. 좌선을 하면 일상의 알아차림이 훨씬 더 잘 되고 더 세밀하게 알아차릴 수 있습니다. 마음이 더 미세해지기 때문입니다.

대체로 좌선 시간을 짧게 하는 것이 좋습니다. 짧게 자주요. 양보다는 질이 더 중요합니다. 신선하고 깨어 있는 마음을 유지하는 것이 중요합니다. 명료함 없이 한 시간 좌선을 하더라도 아무 소용이 없습니다. 좌선의 시간을 짧게 가지면 방석을 볼 때마다 다시 앉고 싶습니다. 억지로 한 시간씩 앉으면 방석과 좌선에 대한 싫증이 생길 것입니다. 좌선의 시간을 조금씩 늘려갈 수 있지만 처음에는 짧게 하는 것이 유익합니다.

몸이 가만히 있으면 마음도 고요해집니다. 좌선을 할 때는 몸과 오감과 마음의 고요함을 추구합니다. 몸과 오감각과 마음을 움직이지 않도록 하세요. 특히 몸을 자꾸 움직이면 안 됩니다.

좌선을 안 하면 명상의 맛을 볼 수가 없어요. 마음의 고요함과 명료함과 평화를 체험하기 어려워요. 그래서 일상생활의 알아차림과 좌선을 함께 해야 합니다. 매일 일과에 좌선을 우선순위 1위로 삼으세요. 특히 바쁠 때는 좌선이 더 필요합니다.

좌선하기 가장 좋은 시간은 아침입니다. 아침에 향을 피우면 온종일 향기가 남아있듯이 오전에 좌선을 하면 하루에 영향을 미칩니다. 그리고 자기 전에도 좌선을 한 번 하고 자면 잠의 질이 점점 좋아지죠.

좌선은 잘 되든 잘 안 되든 일관성 있게 매일 같이 하는 것입니다. 명상이 잘 될 때만 명상을 하면 진보를 볼 수 없습니다. 좌선이 잘 되기를 바라는 마음이 큰 장애입니다. 아무 바람 없이 그냥 앉으세요. Just do it!

명상하는 것이 중요하지만 왜 명상하는지도 똑같이 중요합니다. 명상을 시작할 때 보리심, 사무량심 기도로 시작해서 순수한 동기를 가집니다. 명상이 끝나고도 모든 중생을 위해 회향기도를 합니다. 보리심, 자비심으로 시작하고 끝나는 것입니다.

그저 내려놓고 마음 쉬기

슬픔의 원인이 뭡니까? 붙잡는 것입니다.

해탈의 원인이 뭡니까? 내려놓는 것입니다.

판단을 내려놓으세요. 사실이 아닙니다.

계획을 내려놓으세요. 결코 이루지 못합니다.

두려움을 내려놓으세요. 지당하지 못합니다.

기억을 내려놓으세요. 도움이 되지 않습니다.

의견을 내려놓으세요. 쓸모가 없습니다.

분노를 내려놓으세요. 자신을 위한 것입니다.

내려놓는 것이 무엇보다 쉬워요. 노력 없이 쉬세요. 유혹이 지나갈 때까지 시체처럼 가만히 있는 겁니다. 머리를 굴려서 피곤하게 할 이유가 있습니까? 부드럽고 상냥한 가슴으로 모든 것을 내려놓으십시오. 우리 가슴은 용서와 이해와 평화의 끝없는 원천입니다.

한 달 결제를 회향합니다. 좌선과 연기만트라가 습관이 되어서 이제 어렵지 않을 겁니다. 매일매일 좌선을 하고 점차적으로 시간을 늘려서 매일 총 2시간을 할 수 있다면 삶의 대부분 장애가 없어질 겁니다. 만트라보다 운동보다 요가보다 관상수행보다 더 많이 도움이될 것입니다.

오늘이 한 인생이다

다시 오지 않을 오늘

그대에게 충실하리라.

내일은 몰라. 한 번도 만난 적이 없어.

어제는 인사 없이 가버렸어.

오직 오늘만 열심히 살아라.

오늘부터 시작이다. 오늘이 전부다.

오늘 새롭게 태어났고 오늘 다시 죽을 것이다.

오늘이 한 인생이다.

오늘은 열심히 살 것이다.

타인을 위한 수행의 길

어떤 경우에도 갈 길을 가세요.

어떤 기분이 있어도 할 일을 하세요.

어떤 일이 있어도 소란을 피우지 마세요.

살아있고

깨어있고

천천히 착실히 앞으로 가세요.

그리고 무엇보다도 남에게 도움이 되세요.

그 아이는 내 안에 있습니다

아이를 찾고 있습니다. 억수로 행복한 아이였습니다. 어느새 아이가 없어졌습니다. 정말 순수하고 행복한 아이였습니다. 별 생각 없이 기쁘게 뛰어 놀았던 아이였습니다.

중학교 때부터 마음에 불안이 생기기 시작하면서 자의식도 강해졌습니다. 뭐가 뭔지 모르고 감정이 쌓이고 머리는 복잡해졌습니다. 행복한 아이가 실종되었습니다.

그 아이를 찾고 있습니다. 그 아이를 찾을 수 있는 자신감이 있습니다. 내가 바로 그 아이였기 때문입니다. 지금도 내가 그 아이입니다. 나는 신경증이 많은 불안하고 복잡한 사람이 아닙니다. 나는 심플하고 행복하고 순수한 그 아이입니다. 그 아이는 내 안에 있습니다. 죽지 않았고 죽을 수 없습니다. 이유 없이 행복한, 천진난만한 그 아이를 다시 찾을 겁니다.

나는 내가 생각하는 그 사람도 아니고 다른 사람들이 뭐라고 하는 그 사람도 아닙니다. 나는 언제나 티없는 영원한 청춘입니다.

본성과 친해지기

고통의 원인이 뭡니까? 남과 환경을 탓할 수 있지만 고통의 원인은 습관적으로 생각하는 마음입니다. 과학자들은 이 마음을 자동모드Default Mode Network라고 합니다. 자동모드는 자신의 의도 없이 저절로 움직입니다. 고통과 혼란과 부정을 향해서 움직입니다. '내가' 중심인 이기적이고 슬프고 억울하고 못된 생각들입니다.

계획과 성찰과 문제를 해결하는 것도 생각으로 합니다. 수행법도 생각으로 배우는 것입니다. 분석명상과 자비명상도 생각으로 합니다. 이런 종류의 생각은 고통을 만들지 않기에 꼭 필요합니다. 생각 자체가 나쁘지 않습니다. 우리의 문제는 자동모드입니다. 산란하고 부정적인 마음입니다.

자동모드가 불교에서 말하는 윤회입니다. 윤회는 밖에 있지 않고 습관적인 마음을conditioned mind 의미합니다. 윤회에서 벗어난다는 것은 자동모드에서 벗어나는 것입니다. 가능할까요? 고통에서 자유를 얻을 수 있을까요? 분명히 가능합니다.

우리는 자동모드에서 생각 없는 깨어 있음으로 전환이 필요합니다. 고요하면서 깨어있는, 생각을 내려놓은, 생각과 생각 사이에 있는 고요함과 익숙해져야 합니다. 생각과 동일시하는 마음을 생각을 내려놓는 고요함으로 방향을 바꿔야 합니다. 생각 없이 보고 듣고 걷고 살 수 있습니다.

마음의 힘은 생각에 끌려가지 않고 영향을 받지 않고 얼마든지 고요함 속에 머물 수 있는 것을 의미합니다. 생각을 내려놓을수록 마음의 힘을 키우게 됩니다. 마음의 힘을 키울수록 고요함과 평화와 조건 없는 행복을 더 많이 경험하게 됩니다. 이미 행복하고 이미 자비롭고 이미 지혜로운 우리의 본성과 익숙해지는 것이죠. 하루하루 고요함을 더 많이 경험하면서 자동모드가 약해집니다. 지금 자동모드가 90% 마음을 차지한다면 결국은 10%도 안 될 만큼 우리를 괴롭히지 못합니다.

생각 없는 깨어있음과 익숙해지는 끈질긴 노력과 지극한 헌신이 필요합니다. 생각을 내려놓고 또 내려놓는

것입니다. 생각 없는 마음자리, 고요하면서 깨어있는
여기에 답이 있습니다.

무조건적인 사랑

혀는 칼처럼 날카롭지는 않지만 남의 마음을 잘라버립니다. 솔직하다는 핑계로, 정확하다는 핑계로 남의 마음에 상처를 주고 흉을 봅니다.

칼로 찌르는 것보다 더 큰 상처를 남기면서 솔직해서 잘못이 없다고 합니다. 정확하다고 하는 것은 자신의 의견뿐입니다. 사람을 이렇게도 저렇게도 그릴 수 있습니다. 집착의 눈으로 보면 남의 허물이 잘 보이지 않고 증오의 눈으로 보면 남의 허물만 과하게 보입니다.

남에게 도움이 되나 안 되나, 이 기준으로 말을 해야 합니다. 같은 말이라도 언제 누가 하는지에 따라서 도움이 될 수 있고 해가 될 수 있습니다. 말 한마디 한마디가 우리 삶을 만듭니다. 남의 허물을 지적해서 온갖 장애와 불필요한 고통을 만듭니다. 수행자의 규칙은 남의 허물을 덮히고 자신의 허물을 밝히는 것입니다.

날카로운 마음으로 언어폭력을 행합니다. 우리 모두에게 날카로운 면이 있습니다. 행복하려면 마음의 칼을 버려야 합니다. 목화솜처럼 부드럽고 사슴처럼 상냥하

고 할아버지처럼 온화하고 하늘처럼 너그러운 사람이
되는 것이 수행입니다. 수행이 된 사람은 날카롭지 않
습니다.

구업을 짓는 주요 원인은 자신이 행복하지 못한 것
입니다. 이 마음으로 남을 보고 판단하고 탓을 돌립니
다. 자신의 허물이 남에게 반영되는 것을 알아차리지
못하고 엉뚱한 정의로 남의 일에 간섭합니다.

부처님께서 남이 무엇을 하고 있고 무슨 생각 하고
있는지 신경 쓰지 말라고 하셨습니다. 자신이 무엇을
하고 있고 무슨 생각하고 있는지 신경 쓰라고 하셨습
니다. 자신의 행복을 찾으면 남의 허물을 봐줄 수 있습
니다.

허물이 없는 사람이 남의 허물을 지적할 수 있습니
다. 허물이 없는 큰 스승들도 남의 허물을 지적하지 않
습니다. 도움이 되지 않다는 것을 알기 때문입니다. 오
히려 이해하고 모른 척 하고 너그럽게 봐줍니다. 남을
진심으로 사랑해서 도와주고 싶다면 이와 같이 해야

합니다. 다른 사람을 있는 그대로 조건 없이 받아들이면 허물을 스스로 알아차려서 변할 수 있습니다. 큰 스승들은 우리의 허물을 알면서도 조건 없이 사랑하십니다. 옆에 있기만 해도 왠지 행복하고 감사하고 마음의 변화가 일어납니다.

중으로 살기

중은 종이다. 한국에서 스님으로 살면서 대우와 보시를 기대하게 됩니다. 스님이 신도보다 우월하고 다르다는 개념은 불교가 아닙니다. 부처님은 모든 사람을 평등하게 보셨고 위아래를 구별하는 카스트제도를 부인하셨습니다. 스님들이 잘못하면서 신도들이 못하는 꼴을 보지 못합니다. 잔소리하고 야단치는 것이 일상이 됐습니다.

원래 '비구'의 뜻은 거지입니다. 거지가 주인이 되었습니다. 가장 겸손해야 할 사람이 가장 오만한 사람이 되었습니다. 스님의 역할은 신도를 다루는 것이 아니라 해탈하는 것입니다. 승단은 사문Shramana 전통이며 소유가 없는 남의 은혜로 사는 출가수행자 법맥입니다.

현대시대는 위아래 질서를 절대적으로 받들고 아래 사람을 함부로 대할 수 없습니다. 이제는 시키는 대로 하라는 대로 할 수 있는 시대가 아닙니다.

불교계는 여전히 고지식하고 현대의 상황에 가장 느리게 적응하는 것 같습니다.

기대와 아집을 내려놓고 가장 낮은 자리에서 남을
존중하고 행동으로 보여주는 온화하고 너그러운 사람
이 바로 스님이라고 생각합니다.

  스님의 고통은 남을 다스리려고 해서 있는 것이고,
스님의 행복은 자신을 다스리는 데 있다고 생각합니다.
중은 마음을 다스리고 대중을 시중드는 종이라고 생각
합니다.

내비도 내비도

생각으로 말을 하고 듣고 생각으로 걷고 밥 먹고 집안 일을 합니까? 생각으로 경험을 하는 것이 아니라 생각 으로 경험을 해석합니다. 불교에서는 이 해석을 '탐진 치'라고 합니다. 좋다고 생각하는 것을 집착하고 좋지 않다고 생각하는 것을 싫어하고 중립적인 것을 무관심 합니다. 경험을 해석하는 생각에서 온갖 의견과 판단과 걱정과 기대와 망상과 환영과 허깨비와 고통을 만들어 냅니다. 무지로 생각이 일어납니다. 무지란 실상을 모르는 것을 의미합니다. 내가 따로 존재하고 습관적으로 나와 남을 분리하고 좋다 나쁘다 분리합니다. 이 분별 심이 탐진치입니다.

분별심에서 일어나는 생각을 키우면 업을 만들고 윤회가 시작됩니다. 윤회란 머릿속에 반복이 되는 고통스러운 이야기입니다. 생각에 중요성을 두는 것이 윤회의 시작입니다. 생각을 내버려두는 것이 해탈의 시작입니다. 생각을 풀어줘야 합니다. 생각이 윤회이라면 생각을 풀어주는 것이 해탈입니다. 생각을 어떻게 풀어 줍니까? 생각을 하고 있다는 것을 알면 생각이 풀립니다. 생각에 빠졌다가 생각을 하고 있다는 것을 아는 순간 생각이 풀립니다. 또한 몸에서 힘을 빼면 마음에서도 힘이 빠져서 생각이 풀립니다.

중요한 것은 알아차림입니다. 알아차림은 마음이 순간에 있는 것을 의미합니다. 마음으로 이 순간을 찾고 생각과 감정을 내버려두십시오. 마음으로 이 순간을 찾고 생각과 감정을 내버려두십시오. 마음으로 이 순간을 찾고 생각과 감정을 내버려두십시오. 명상의 핵심이 담긴 유명한 노래를 나름 해석해봤습니다. 멜로디를 아실 테니 노래를 한 번 불러 보시겠어요?

Let it be
마음에서 고통 있을 때
관세음보살 다가와
지혜의 말씀 속삭여
내비도, 내비도

어둠속에 처질 때는
바로 내 앞에 계시네
지혜의 말씀 속삭여
내비도, 내비도
고달픈 삶을 사는
상처 받은 이들은
이미 알고 있어요
내비도, 내비도
슬픈 마음, 아픈 마음
화가 나는 답답함
무엇을 하지 말고
내비도, 내비도
아무리 밤이 깜깜해도
해가 다시 뜨잖아
세상 다시 밝힌다
내비도, 내비도
항상 찾는 지친 마음

이제 쉬자 여기서

답이 있을 것이다

내비도, 내비도.

내려놓고 마음을 쉬고

믿고 가는 내맡김

관세음보살 아시네

내비도, 내비도

다 아시고 다 하시는

자비로운 관세음

관세음보살 아시네

내비도, 내비도

Let it be.

Let it be.

Speaking words of wisdom

Let it be.

죽음명상

이생과 모든 전생 동안

시작 없는 윤회 속에서

알지 못해 악업을 지었고

남들에게도 악업을 짓게 하고

무지의 꼬임에 빠져서

악업을 즐겼나이다.

이제 이를 알아

수호자들 앞에 진심으로 참회하나이다.

삼보와 부모와 스승과

다른 사람들에게 번뇌 때문에

몸과 말과 마음으로 저지른 모든 잘못

저는 수많은 잘못으로 죄가 깊으니,

이 죄인이 저지른 모든 악업을

중생을 이끄는 부처님들 앞에 참회하나이다.

죄를 씻기 전에 죽을지도 모르니

이 죄에서 어떻게 벗어나오리까.

속히 저를 보호해 주소서.

알 수 없는 저승사자는

언제 올지 모르니

일을 다 했든, 못 했든

병이 있든, 병이 없든

남아 있을 수 없으니,

잠시 스쳐 가는 이 삶을

믿을 수 없나이다.

모든 것을 버리고 가야 하는데

이것을 이해 못 해서

좋아하는 사람이나 미워하는 사람 때문에

온갖 죄를 저질렀네.

미운 사람도 사라질 것이고

좋아하는 사람도 사라질 것이고

나도 또한 사라질 것이니

이와 같이 모두 것이 사라지리라.

내가 소유하고 쓰던 모든 것이

꿈속에서 있었던 것과 같으니

기억 속으로 점점 희미해져 가서
다시는 볼 수 없으리라.
이 짧은 생에도
좋아했고 미워했던
많은 사람들이 죽었는데,
그들 때문에 저지른 죄만
내 앞에 견딜 수 없이 남아 있네.
나 역시 잠시 있다가
떠날 줄 모르고
증오와 집착과 무지로
수많은 죄를 저질렀네.
낮이나 밤이나 멈추지 않고
내 삶이 사라지고 사라지네.
지나간 것은 결코 돌이킬 수 없으니
죽음 말고는 다른 길이 없네.
죽음의 순간 침상에 누워
사랑하는 친지들한테 둘러싸여 있어도

숨이 끊어지는 죽음의 고통은

나 홀로 겪어야 하네.

저승사자가 나를 데리러 올 때

친척이나 친구가 무슨 도움이 되겠는가.

공덕만이 나를 지켜줄 수 있는데

아, 이것마저 쌓지 못했네.

수호자들이시여, 방탕한 저는

죽음의 공포를 몰라서

일시적인 이생 때문에

온갖 악업을 저질렀나이다.

손발이 잘려 나간다면

입이 마르고 눈앞이 캄캄해지고

엄청난 공포 때문에

완전히 다른 몰골이 될 텐데

가혹한 저승사자한테

사로잡혔을 때의 끔찍한 공포는

말해 무엇 하겠는가.

이 처절한 공포에서

누가 나를 구하겠나,

누가 나를 보호하겠나.

겁에 질린 눈으로

사방을 둘러보며 도움을 구하지만

어디서도 구원을 얻을 수 없으니

완전히 절망에 빠져

그 순간 아무런 도움도 받지 못한

무력한 나는 무엇을 하겠는가.

그리하여 오늘부터

윤회하는 중생들의 수호자이며

중생을 보호하기 위해 노력하고

위신력으로 모든 두려움을 없애 주는

부처님들께 귀의하나이다.

그리고 부처님들이 지니신

윤회의 두려움에서 벗어나게 하는 불법과

성스러운 보살 승가에도

지극한 마음으로 귀의하나이다.

"그래도 오늘은 안 죽지."

어리석은 말로 안심하지만

틀림없이 죽음의 순간은 나에게 오리라.

어찌 두려워하지 않을 수 있나?

피할 수 없는 죽음을.

분명히 죽는데도

어찌 태평하게 지낼 수 있는가?

지나간 일 가운데

무엇이 남아 있는가.

그것에 집착해서

스승의 말씀을 어겼네.

이생에 모든 것과

친척과 친구들을 다 두고

홀로 떠나야 하니

좋아하고 싫어하는 사람 가르는 것이

무슨 소용 있는가.

고통의 유일한 원인인 악업을

어떻게 없앨 수 있을까.

밤낮으로 이것만

마음에 둬야 한다네.

열 가지 악업과

계율을 어긴 죄업

무지로 저지른 모든 악행을

고통을 두려워하는 마음으로

부처님들 앞에서 합장하고

끝없이 절을 올리며

모든 죄를 참회하나이다.

중생을 이끄는 수호자들이시여,

이 죄인을 받아주소서.

제가 지은 모든 악행

다시는 저지르지 않겠나이다.

– 입보리행론

보살행 실천으로 행복하기

누구에게 도움이 될 수 있다는 것이 착각입니다.

누구를 돕고 있다는 것은 오만입니다.

누구에게 도움이 되고 싶은 것은 자비입니다.

크게 도움이 되지 못한다는 것을 아는 것이

지혜입니다.

사회를 돕고 바꾼다는 과대망상을 버리고 마음공부를

우선으로 하는 것이 출리심입니다.

자신이 행복하면 남들도 행복하게 합니다.

아집을 내려놓고

말을 들어주고

같이 있어주고

밥 한 끼 사주고

쉽게 베풀고

친절한 인사

따뜻한 말 한 마디

작은 배려

이것이 보살행입니다.

만일 내가

한 마음 아프지 않게 할 수 있다면

나의 삶은 헛되지 않으리

만일 내가

한 삶의 고통을 조금 덜어줄 수 있다면

타인의 아픔 하나를 달랠 수 있다면

떨어진 울새 한 마리를

둥지에 다시 얹혀 줄 수 있다면

나의 삶은 헛되지 않으리

– 에밀리 디킨슨

보살이 필요한 시대

불교는 중도中道입니다. 중도란 결과를 집착하지 않고 최선을 다하는 것입니다. 돈 욕심 없이 최선을 다해서 돈을 버는 것입니다. 다른 사람에게 크게 도움이 되지 못한다는 것을 알면서도 최선을 다해서 남을 돕는 것입니다.

집착하지도 포기하지도 않는 소리가 들리면서도 놀라지 않는 사자처럼 진흙 가운데 자라면서도 더럽히지 않는 연꽃처럼 그물을 지나가면서도 걸리지 않는 바람처럼 세속에 살면서도 물들지 않는 것이 보살의 의미입니다. 관세음보살이 장식을 화려하게 하고 비단을 입는 이유는 세속법을 존중한다는 의미입니다. 멋 내는 것이 의미가 없다는 것을 알면서도 멋을 냅니다. 지혜가 있어서 집착하지 않고 자비가 있어서 포기하지 않습니다.

이 세상은 보살이 필요합니다. 보살 의사, 보살 변호사, 보살 상담사, 보살 사업가, 보살 교사, 보살 스님, 보살 신부, 보살 과학자가 필요합니다. 세상에 매달리지도 않고 세상을 버리지도 않고 중도를 지키고 자신을 이기는 보살전사가 필요한 시대입니다.

지금 이대로 만족하기

나는 항상 꿈을 꾸고 살았어요. 스님 되기 전에는 몸짱인 부자, 세속 사람의 완벽한 삶을 꿈꿨어요. 스님 되고 나서는 수행만 하는 계율을 엄격하게 지키는 완벽한 스님의 삶을 꿈꿨어요. 머릿속에 꿈꾸는 이상적인 스님이 돼야 행복하고 사람들에게 인정을 받을 수 있다고 생각했어요.

내가 꿈꾸던 삶과 내 삶과 차이gap가 항상 있었어요. 가끔 갭이 크지 않아서 만족하고 행복했어요. 하지만 다시 갭이 벌어져서 좌절하고 자책하고 포기하기도 했어요. 꿈을 잃지 않고 다시 찾게 되었어요. 이 힘든 순환이 반복이 되었어요.

이제는 꿈꿨던 완벽한 스님과 완벽한 삶의 개념이 많이 흩어졌어요. 완벽한 삶은 내가 만들고 집착하던 허망한 개념뿐이었어요. 내가 그렇게 훌륭한 사람이(스님) 아니에요. 그런데 그게 괜찮아요.

남들이 내가 훌륭하다고 생각하기를 바라지도 않고요. 누가 나를 칭찬해도 그렇게 좋지 않고 누가 나를 비난해도 그렇게 나쁘지 않아요. 내 자신을 알아요. 아직 못됐어요. 때로는 짠돌이에요. 그래도 나쁜 놈은 아니에요.

좋은 사람 되고 싶어요. 진정한 인간이 되고 싶어요. 인간이 되어가고 있는 과정이 좋아요. 매일 조금씩 나아지는 것이 기쁨이에요. 언제 사람이 되나? 언제 철이 드나? 궁금하지 않아요. 훌륭한 사람이 되지 않아도 철이 들지 않아도 좋아요. 수행으로 조금 달라진 것에 만족해요.

여전히 자비심이 많지 않아요. 그래도 괜찮아요. 나와의 관계가 많이 좋아졌어요. 훌륭한 사람이 되지 않았고 부자가 되지 않았고 특별히 얻은 것도 있는 것도 없는데 너무 감사해요.

뚱뚱하고 못된 스님, 만족해요. 만족해서 그런지 조건 없이 사랑을 많이 느껴요. 내가 가치가 없고 많이 달라져야 된다는 이 허망하고 아픈 꿈을 더 이상 꾸고 싶지 않아요. 하늘의 성을 만들고 싶지 않아요. 부질없는 행복의 개념을 좇고 싶지 않아요. 이대로 좋아요. 이미 복이 너무 많은데 무엇을 더 바라겠어요?

마음의 본성 믿기

이 순간을 찾으세요.

이 순간을 의지하세요.

이 순간에 쉬세요.

이 순간을 믿어보세요.

이 순간에 우리 본성이 있습니다.

하늘처럼 경계가 없고 오지도 가지도 않고

변함없는 사랑, 조건 없는 행복, 우리 본성이 있습니다.

우리가 찾고 있는 귀의처, 쉼, 고향, 평화,

충만함이 여기에 있습니다.

자유와 지혜와 평화의 근원

용서와 이해와 사랑의 원천

수행의 목적, 삶의 목적, 불교의 목적은

깨어있는 것입니다.

왜 다른 것을 찾으세요?

여러 가지 고행과 약속은 무슨 소용이 있습니까?

마음만 잘 지키면 됩니다.

정지正知로 마음을 보호하고

불방일不放逸로 마음을 바로 잡고

마음을 자세히 신중히 보세요.

집착을 내려놓는 것이 보시

알아차림을 놓치지 않는 것이 지계

생각을 쉬는 것이 인욕

알아차림을 유지하는 것이 정진

조작 없이 깨어있는 것이 선정

주체 객체 경계가 없는 마음자리를 보는 것이 지혜

깨어있음이 업장소멸이며

깨어있음이 공덕자량입니다.

지나간 일의 죄의식에 빠지지 말고

이 순간을 착하게 사세요.

앞날을 걱정하지 말고

알아차림을 놓치는 것을 걱정하세요.

도움이 되지 않는 과거로 가지 말고

아무도 모르는 미래로 가지 말고

이 순간을 잘 지키세요.

과거에서 배울 수 있는 것이 없어요.

배움은 이 순간에서 일어나요.

미래의 계획은 이루지 못해요.

매순간 알아차리겠다고 계획하세요.

왜 이렇게 힘들게 사세요?

왜 자신을 못 살게 하세요?

왜 오만하게 남을 공격하세요?

깨어있음(내려놓음)이 자신을 위한 친절

깨어있음(내려놓음)이 남을 위한 배려

답이 없는 것이 답이며

모르는 것이 약이며

내버려두는 것이 자비와 지혜입니다.

조작 없이 마음을 쉬면 본성이 다 알려줍니다.

생각을 놓으세요.

본성을 믿어 보세요.

매순간

Let it go.

Let it be.

Just relax.

마음의 힘 키우기

마음이 슬플 때

우울할 때

기운이 없을 때

원인을 알아내려고 하는 것은

상황을 받아들이지 못한다는 것입니다.

생각을 굴리면 더 힘들어집니다.

어떤 생각이 있더라도 그것이 아닙니다.

차라리 마음의 힘을 키울 수 있는 기회로 삼아보세요.

힘들어도 괜찮다! 마음이 쓸쓸해도 좋아!

마음이 항상 변하고 모든 감정이 지나가는 무상을

생각하세요.

'기운이 있을 때도 없을 때도 있구나.'

'슬플 때도 기쁠 때도 있구나.'

그리고 '나처럼 힘들어 하는 중생들이 얼마나

많을까'라고 자비심을 가져 보세요. 중생들이 고통에서

벗어나기를 기도하세요.

어려울 때 무상과 자비심을 명상할 수 있다면

어려움이 우리에게 매우 이롭습니다. 언제나 마음의
힘을 키울 수 있어요.

당신과 나는 하나입니다

주어진 인연을 존중해야 합니다. 가까이 있는 분들은
우연이 아닙니다.

'모든 중생 행복하기를' 기도하면서 매일같이 만나는
사람에게 사랑과 자비를 연습 못하면 아무 의미가
없습니다.

옆에 있는 사람을 행복하게 하지 못하면 자신도
행복하지 못합니다. 옆에 있는 사람을 해치면 자신을
해치는 것입니다.

한 사람의 마음을 아프게 하면 모든 중생을 아끼는
모든 부처님들의 마음이 아픕니다.

한 사람을 행복하게 하면 모든 중생을 아끼는 모든
부처님들을 행복하게 합니다.

사랑으로 한 사람에게 베푸는 것이 모든 부처님들께
공양을 올리는 것입니다.

가까이 있는 사람을 무시하고 모르는 사람을 친절하게
대하고 절에 가서 수행하는 척 하는 것이 무슨 의미가
있습니까?

주어진 인연으로부터 수행합니다.

주어진 인연들이 이생에 숙제입니다.

지금 이 순간 옆에 있는 사람이 행복과 해탈의
원인이며 복전인 줄 알아 존중과 사랑을 연습하는
것입니다.

옆에 있는 사람의 마음이 아픕니다. 그 아픔을
내가 받지 못하면 해탈은 물론, 이생에도 행복하지
못합니다.

고통은 고통이라서, 누가 받고 있는지 떠나서, 달래야
되지 않을까요?

남의 고통을 무시하면서 자신의 평화를 절대 찾을 수
없습니다.

옆에 있는 사람은 왼손이며, 나는 오른손입니다. 어느
손이 더 중요합니까? 우리 모두는 한 몸입니다. 왼손의
위험을 오른손으로 보호하듯이 우리도 옆에 있는 분을
지켜야 합니다.

마음공부는 여기 이 순간에 있으며 가장 중요한

사람은 당신입니다.

당신의 고통을 내가 받고 나의 행복은 당신께
드립니다.

여기서 마음의 변화와 참된 행복이 비롯됩니다.

당신이 행복하면 나도 행복합니다.

- 로종 원리를 정리해서

바른 마음 챙김

기분에 신경 쓰지 말고
최선을 다하는데 신경 쓰세요.
과거에 신경 쓰지 말고
잘 사는데 신경 쓰세요.
노후에 신경 쓰지 말고
죽음에 신경 쓰세요.
남의 말에 신경 쓰지 말고
남의 말의 반응에 신경 쓰세요.
돈 버는데 신경 쓰지 말고
공덕을 쌓는데 신경 쓰세요.
살 빼는데 신경 쓰지 말고
건강에 신경 쓰세요.
마음을 일어나게 하는 사람에 신경 쓰지 말고
일어나는 마음에 신경 쓰세요.
남의 일에 신경 쓰지 말고
자기 일에 신경 쓰세요.
도움이 되지 않는 것에 신경 쓰지 말고

도움이 되는 것에 신경 쓰세요.

(그런데요. 저는 살 뺄 거예요! 큰스님 되고 싶지 않아요.)

사랑하오 감사하오

이 몸으로

이 존재로

이 이름으로 사는 것은

길고 긴 영원 속에 오로지 한 번뿐입니다.

이생에 만난 모든 사람은 잠시 스쳐가는 인연입니다.

잠시 만나고 영원히 헤어집니다.

옛 전설 속에 나오는 인물들처럼

설화로만 남을 뿐입니다.

삶은 곧바로 끝나는 환영 같은 전설입니다.

아름답고 서러운 꿈입니다.

이생을 떠나는 날, 빈손으로 가겠습니까?

의미 있게 용감하게 재미있게 살아보지 않겠습니까?

환영의 겉모습을 벗어난

시간과 공간을 초월한

찬란하고 순수한 본성을 알고 가지 않겠어요?

이생은 한 번뿐입니다.

우리 만남은 한 번 뿐입니다.

오늘 하루는 한 번 뿐입니다.

이 순간도 한 번 뿐입니다.

다시 찾을 수 없는 이생

다시 오지 않을 오늘

영원 속으로 사라지는 이 순간

어떻게 살까요?

무슨 말을 할까요?

마음을 열고

선량함을 품고

사랑하오

감사하오

다시 오지 않는

이 순간에…….

용수 스님의 곰

초판 1쇄 발행 | 2018년 9월 18일
초판 7쇄 발행 | 2024년 6월 15일

지은이   용수
펴낸이   이정하
자료정리   김영훈
디자인   정제소

펴낸곳   스토리닷
주소   서울시 서초구 방배동 934-3 203호
전화   010-8936-6618
팩스   0505-116-6618
ISBN   979-11-88613-06-9

홈페이지   http://blog.naver.com/storydot
인스타그램   @storydot
전자우편   storydot@naver.com
출판등록   2013. 09. 12 제2013-000162

이 도서의 국립중앙도서관 출판예정도서목록(CIP)은 서지정보유통지원시스템 홈페이
지 (http://seoji.nl.go.kr) 와 국가자료공동목록시스템 (http://www.nl.go.kr/kolisnet) 에서
이용하실 수 있습니다. (CIP제어번호: CIP2018028114)

스토리닷은 독자 여러분과 함께합니다.
책에 대한 의견이나 출간에 관심 있으신 분은 언제라도 연락주세요. 반갑게 맞이하겠습니다.